지킬 박사와 하이드 씨의 이상한 사례

부클래식
030

지킬 박사와 하이드 씨의 이상한 사례

로버트 루이스 스티븐슨

남장현 옮김

부북스

차례

로버트 루이스 스티븐슨의 생애 •7

문 이야기 •13
하이드 씨 수색 •25
지킬 박사는 맘 편하게 •40
커류 살인 사건 •44
편지 사건 •52
레이넌 박사의 특이한 사건 •61
창문에서 본 사건 •68
마지막 밤 •71
레이넌 박사의 이야기 •91
헨리 지킬의 자세한 사례 설명 •104

로버트 루이스 스티븐슨의 생애

로버트 루이스 스티븐슨은 1850년에 태어나 1894년에 사망한 스코트랜드의 소설가이자 시인이며 여행 작가이다. 길지 않은 인생에서 그는 《보물섬》, 《유괴》 그리고 《지킬 박사와 하이드 씨》 등의 소설을 썼으며 헤밍웨이, 키플링, 그리고 보르헤스 같은 작가들의 칭송을 받은 작가이다.

에딘버러에서 태어난 그는 어린 시절 당시 잘 나가던 등대 기술자였던 아버지 토마스 스티븐슨(Thomas Stevenson)보다는 엄마 마가렛 이사벨라 발포어(Margaret Isabella Balfour) 쪽의 영향을 더 많이 받았다. 가업이었던 등대 디자인보다는 목사인 외할아버지 루이스 발포어(Lewis Balfour)의 목사관에서 많은 어린 시절을 보냈으며 커서도 어린 시절 그가 들었던 외할아버지의 설교를 따라하는 것을 즐겼다고 회상한다. 외아들로서 생긴 것도 특이하고 성격도 독특한 스티븐슨은 학교생활에 별로 잘 적응하지 못했고 오히려 여름휴가 때 목사관에서 사촌들과 더 잘 어울리며 놀았다. 건강도 별로 좋지 못해 종종 학교에 가질 못했으며 오랫동안 개인 교사에게 지도를 받을 수밖에 없었다. 글을 읽는 것도 남들보다 느렸지만 어려서부터 할아버지의 설교를 따라하던 버릇이 있어 이야기를 꾸며 말하는 것을 즐겼을 정도였다. 이야기를 해주던 습관은 곧이어 이야기를 쓰는 습관으로 바뀌었고 아버지로부터 쓸데없는 일은 그만두고 일에나 신경을 쓰라는 이야기를 들을 때까지 계속해서 이야기를 쓰곤 했다.

스티븐슨은 아버지의 뜻에 따라 에딘버러 대학에 들어가 공학을 공부했지만 처음부터 관심이 없었다. 오히려 토론 그룹인 〈스페큘러티브 소사이어티〉에 참여하여 친구들과 논쟁을 벌이거나 아마추어 극을 올렸던 플리밍 젠킨 교수와 많은 시간을 보냈다. 글 쓰는 직업을 선택하기로 작정한 것도 대학 때 아버지와 함께 등대가 설치된 여러 곳을 여행하면서였다. 그는 등대의 공학적인 면보다는 여행에서 얻을 수 있는 글의 소재에 더 관심을 갖게 되었고 결국 아버지에게 자신의 뜻을 밝혔고 아버지는 실망을 했지만 그의 뜻을 받아들였다. 그는 점점 더 보헤미안처럼 머리도 기르고 헐렁한 옷을 입었으며 격식을 차린 파티보다는 싸구려 선술집을 찾아다녔다. 결국 그는 기독교를 거부하고 "부모 세대가 가르쳐 준 모든 것을 무시"하는 〈엘제알〉(자유, 정의, 존중) 클럽에 가담하였다. 이런 여행에 대한 관심과 기성세대의 틀을 거부하는 그의 자유로운 정신은 결국 가장 비이성적이고 비기독교적인 인물 하이드 씨를 창조하는데 일조를 하였으며 여행 작가의 삶을 사는 원동력이 되었다고 할 수 있다.

스티븐슨에게 1873년은 런던에서 문필 생활을 할 수 있는 최초의 계기를 마련해준 해였다. 그는 시드니 콜빈(Sidney Colvin)과 패니 시트웰(Fanny Sitwell)을 만났고, 처음으로 "길들"(Roads)이라는 글을 잡지에 싣게 되었다. 또한 그 해말 스티븐슨은 건강이 악화되어 프랑스의 멘톤(Menton)에 가서 요양을 하게 되었고, 그 후로 그는 종종 프랑스를 방문하면서 그곳의 문학계와 예술계의 사람들과도 접하게 되었다. 아버지의 뜻에 따라 법학을 공부하고 법조인 자격을 받았지만 그는 모든 열정을 여행과 글 쓰는 데 쏟았다.

1875년 그는 월터 심슨 경(Sir Walter Simpson)과 함께 벨기에와 프랑스로 카누 여행을 떠났고 그 여행 중에 그는 패니 반 드 그리프트 오스본(Fanny Van de Grift Osbourne : 1840 - 1914)을 만났다. 그녀는 결혼에 실패하고 딸과 함께 프랑스로 와 미술을 공부하고 있었다. 그녀와 만남은 짧았지만 스트븐슨은 영국에 돌아와서도 그녀를 잊지 못하고 "사랑에 빠져"(On Falling in Love)라는 글을 쓰기도 하였다. 결국 그는 1877년 그녀를 다시 만나 연인 사이가 되었으며, 1879년 한 해 전에 캘리포니아로 떠난 그녀를 따라 미국으로 건너갔다. 친구들의 만류가 있었지만 그는 막무가내였고 심지어 부모님에게는 전혀 소식조차 알리지도 않았다. 그는 보통 사람들의 삶과 여행 방식을 알고 싶은 마음에 이등칸을 타고 뉴욕으로 먼저 가서 캘리포니아까지 기차로 여행을 하였다. 이렇게 여행과 문학에 대한 열정은 그를 때로 무모하고 때로 모험심으로 가득한 사람으로 만들었다.

이 여행으로 그는 건강이 심하게 악화되었고 두 번에 걸쳐 죽을 고비를 겪어야 했다. 돈도 떨어져 때로 그는 거의 무일푼으로 생활을 유지해야 했으며 힘든 노동을 마다할 수 없는 처지에 놓이기도 했다. 결국 병으로 두 번째 죽을 지경이 되었을 때 패니는 그를 찾아와 간호를 해주었다. 그의 아버지도 비참한 그의 상황에 대한 소식을 듣고 돈을 부쳐주었다. 1880년 스티븐슨은 패니와 결혼하였다. 아직도 몸이 성치 않았지만 그는 패니와 그녀의 아들 로이드와 함께 신혼여행을 떠났고 그 경험을 글로 옮겼다. 같은 해 그는 패니와 함께 영국으로 돌아와 정착할 집을 찾으려고 노력을 하였다. 하지만 7년이 넘게 지나도 그는 정착을 못하고 영국의 이곳저곳에서 여름을 보내고 겨울이면 프랑스로 떠나곤 했다. 문학적으로는 이 시기가 가장 많은 결실을 본 시기이다. 그는 《지킬 박사와 하이드 씨》를 썼으며, 《보물섬》과 《검은 화살》도 집필하였다.

1887년 그의 아버지가 돌아가시자 그의 주치의의 충고에 따라 어머니와 가족을 데리고 다시 미국을 이주하였다. 이주

후에도 그는 미국의 여러 곳을 여행하며 여행 작가로서의 삶에 충실하였다. 특히 그중에서도 특기할 만한 것은 가족과 함께한 태평양 이곳저곳, 예를 들어 하와이와 타이티, 사모아 섬 등을 찾아가는 요트 여행이었다. 이 여행 중에도 그는 끊임없이 글을 써서 《발랜트래의 주인》을 탈고하였고, 《유리병 도깨비》를 썼다. 이 여행은 스티븐슨으로 하여금 사모아의 한 섬인 우폴루(Upolu)에 정착하게 만들었으며 그곳에서 마치 다른 원주민과 다를 바 없는 삶을 꾸려나가려고 노력하였다. 그는 이야기꾼이라는 의미의 투시탈라(Tusitala)라는 원주민 이름을 짓기도 하고 사모아의 식민 정치에도 관심을 기울이며 비판적인 목소리를 《역사에 대한 주석》이라는 책에 담아내기도 하였다.

우폴루에서 그는 때로 건강이 쇠약할 때는 우울증을 겪기도 했지만 활력적으로 육체적인 일과 창작을 동시에 병행해갔다. 1894년 12월 어느 날 평상시처럼 열심히 일을 하고 돌아온 그는 아내와 저녁 식사를 하며 이야기를 나누다 쓰러졌다. 그는 그의 소원대로 병상에 누워 죽지 않고 "부츠를 신고" 활력적인 하루를 마감하듯 생을 마감하였고, 그는 사모아의 바다를 바라다보는 바에아 언덕(Mount Vaea)에 고이 묻혔다.

문 이야기

변호사인 어터슨 씨는 환하게 미소를 지어본 적이 없는 엄한 표정의 사람이었다. 차갑고 말수도 적고 머뭇거리는데다 마음도 소심하였으며, 키만 크고 말라 따분하고 생기도 없었지만 그래도 조금은 사랑스런 구석이 있는 사람이었다. 친구들끼리 모일 때나 입에 맞는 와인을 접할 때에만 눈에서 언뜻 인간적인 면이 비칠 뿐이었다. 이런 인간적인 면도 말에서 나타나는 게 아니라 저녁 식사 후의 고요한 얼굴 표정에서 읽히거나 일상생활 속 행동에서 더 자주 눈에 띄었다. 그는 스스로에게 엄격하여 혼자 있을 때는 고급 와인에 대한 기호를 억누르려고 진을 마셨으며 극장을 좋아하지만 이십 년 동안 어떤 극장 문도 출입한 적이 없었다. 하지만 다른 사람들에게는 누구나 인정할 만한 관용을 베풀었는데, 때로는 부러움에 사로잡혀 사람들의 나쁜 행동에 내포된 활기찬 기운에 놀라서, 심한 경우라도 꾸짖

기보다 도와주려고까지 하였다. "난 카인[1] 같은 이단에 이끌린다네. 난 내 형이 제 뜻에 따라 악마에게 가도 그냥 둘 거네," 라고 그는 묘하게 말하곤 했다. 이런 성격으로 그는 다 쓰러져 가는 사람들의 인생에서 종종 마지막으로 평판 좋은 지인이 되거나 마지막으로 영향력이 있는 사람이 되는 운명에 처하곤 했다. 그리고 이런 사람들이, 그의 집을 찾아올 경우, 그의 행동은 한 치의 변화조차 보이질 않고 똑같이 대했다.

의심할 바 없이 그건 어터슨 씨에게는 쉬운 일임에 틀림없다[2]. 왜냐하면 기껏 그가 하는 거라곤 아무 내색조차 않는 것이기 때문이었다. 심지어 그의 교우관계도 착한 마음씨의 유사한 관용에 바탕을 둔 것 같았다. 운명의 손길이 만들어놓은 친한 무리들을 그대로 받아들이는 것은 점잖은 사람이란 표시이며, 바로 이게 변호사의 방식이다. 친구들은 자신과 같은 혈통의 사람들이거나 그가 아주 오랫동안 알고지낸 사람들인데, 그의 우정은 담쟁이덩굴처럼 시간에 따라 자랐지만 상대방에게 열성을 보이진 않았다. 그의 먼 친척이자 명망이 있는 리처드 엔필드 씨와도 틀림없이 이렇게 우의를 맺은 것 같았다. 두 사람이 서로 통하는 게 뭔지, 공통된 관심사가 뭔지 알려다간 엔간한 사람은 골머리가 터질 거다. 일요일에 함께 산책하는 두

---

1. 구약 성서에서 하느님의 사랑을 받는 착한 동생 아벨을 질투하여 죽인 사람으로 사악한 사람의 상징적인 이름이 됨.
2. 이 부분에서 작가는 어터슨을 묘사하는 데 있어 상당히 냉소적인 유머를 사용함.

사람을 만난 사람들이 그들은 전혀 말도 없고, 따로따로 무덤덤하여, 다른 친구의 등장에 역력히 안도의 숨을 내쉬며 환영하는 기색이라고 전할 정도이니 말이다. 그럼에도 불구하고, 이 두 사람은 함께하는 산책을 제일 중요하게 여기며, 한 주의 가장 소중한 보물이라 생각하여, 방해받지 않고 산책을 즐기기 위해 경사로운 일도 제켜둘 뿐만 아니라 사업 상 요청도 거부하곤 하였다.

그들이 우연히 번화한 런던의 뒷골목으로 들어선 것도 바로 이렇게 산책하던 중이었다. 길은 좁았고 조용하다고 말할 만했지만, 주중에는 잘나가는 장사치들로 번잡한 곳이었다. 거주민들도 모두 장사가 잘되는 것 같았고, 서로 경쟁적으로 더 잘되도록, 교태를 부리듯 그들의 상품을 넘쳐나도록 진열해 놓았다. 그래서 한길을 따라 늘어선 가게 진열대들이 한 줄로 늘어선 여점원처럼 마치 호객하는 분위기였다. 심지어 일요일에 현란한 매력을 좀 죽이고 인적이 뜸할 때조차도, 거리는 칙칙한 이웃과는 대조적으로 마치 숲 속의 불길처럼 밝게 빛났다. 새로 칠한 셔터와 반지르르한 놋쇠 창살들과 더불어 대체적으로 깨끗하고 발랄한 느낌이어서 거리는 지나가는 사람들의 눈길을 바로 사로잡으며 즐겁게 해주었다.

왼쪽 모퉁이가 동쪽으로 향한 길목 두 번째 집 다음에 늘어선 가게들이 끝나는 막다른 골목길 입구, 바로 그 지점에 스산한 블록 건물의 박공지붕이 길로 불쑥 튀어나와 있었다. 이층짜

리 집으로 창문은 하나도 보이지 않고 단지 아래층에 문이 하나 있었으며 완전히 가려진 위층 전면은 퇴색한 벽이었고, 모든 면에서 오랫동안 방치되어 음침한 흔적을 띠고 있었다. 그 문에는 종도 쇠고리도 달려있지 않았고 불어터져 변색이 되었다. 부랑자들이 그 후미진 곳으로 어슬렁어슬렁 기어들어 벽에 성냥을 그어댔고 아이들은 계단 위에서 가게를 보고 있었다. 남학생은 기둥 모서리에 칼이 잘 드는지 시험해보고 있었다. 거의 한 세대 동안 어느 누구도 이 뜨내기들을 쫓아버리거나 피폐해진 것을 고치려고 나타난 적이 없었다.

엔필드 씨와 변호사는 뒷골목 맞은편에 있었다. 그런데 그들이 그 문과 나란히 있게 되었을 때, 엔필드 씨가 지팡이를 들어 대문을 가리켰다.

"저 문을 눈여겨본 적 있나?" 그가 물었다. 친구가 그렇다고 대답하자, "내 생각에 그 문은 정말 묘한 이야기와 연결되었다네,"라고 덧붙여 말했다.

"그런가? 그게 뭔가?" 어터슨 씨가 살짝 목소리를 바꾸어 말했다.

"음, 그게 이렇다네," 엔필드 씨가 대답했다. "칠흑 같은 겨울밤 새벽 3시 경에 세상 끝 그 어디선가 집으로 돌아오고 있었지. 그리고 곧이곧대로 가로등 말고는 볼 거라곤 하나도 없는 길을 들어서게 되었어. 길을 지나고 지나도, 사람들은 모두 다 잠들어 있고 – 이어지는 길을 따라 마치 행렬을 준비하듯 불은 환히 켜져 있지만 길은 교회처럼 텅 비어있었네. 마침내 나는 사람이 귀를 곧추 세우고 들어보고 또 들어보면 혹시 순경이라도 보게 될까 고대하는 그런 지경에 이르게 되었다네. 그때 불현듯 두 형체를 보았지. 하나는 잰 걸음으로 동쪽을 향해 뚜벅뚜벅 걸어가는 작은 남자였고 다른 하나는 교차로를 따라 있는 힘껏 달려가고 있는 여남은 살의 소녀였다네. 음, 이보게, 그 둘은 길모퉁이에서 정말 자연스레 서로 맞부닥뜨리게 되었지. 바로 그때 끔찍한 일이 일어났다네. 남자는 아주 태연하게 아이의 몸을 밟고 지나갔고 소녀는 길바닥에서 비명을 질렀어. 얘기로 듣는 것은 별거 아니지만 실제로 보기엔 몸서리가 쳐졌

문 이야기 **17**

다네. 인간 같지 않고 마치 저주받은 주거노트 화신[3] 같았지. 그 광경에 나는 어~엇하고 소리치며 부리나케 달려가서, 그 남자의 목덜미를 낚아채서 이미 몰려있는 한 무리의 사람들 쪽으로, 비명을 지르는 소녀 가까이로 끌고 갔지. 그는 완전히 냉담하게 어떤 저항도 하지 않고 단지 나를 한 번 쳐다보았는데, 그 눈빛은 너무도 추악해서 마치 달리기라도 한 듯 내 몸에서 땀이 솟아날 정도였네. 뛰쳐나온 사람들은 그 소녀의 가족이었고, 곧바로 사람을 보내 불러온 의사가 모습을 드러냈다네. 그 소본즈[4]에 의하면, 그 아이는 보기보단 용태가 아주 심각한 건 아니고 많이 놀랐을 뿐이었지. 그럼 자넨 이제 그쯤에서 결말이 날 거라고 생각했겠지. 하지만 한 가지 미묘한 상황이 벌어졌다네. 처음 볼 때부터 난 그 남자에게 혐오감을 느꼈는데, 그 소녀의 가족도 마찬가지였어, 그렇게 느끼는 건 정말 당연한 거였다네. 오히려 내게 충격적인 것은 의사의 태도였어. 그는 딱히 나이 든 것도 아니고 피부색도 튀지 않았지만, 심한 스코틀랜드 악센트를 지녔고, 백파이프처럼 감상적이며 평범하고 고리타분한 약제사였다네. 음, 그도 나머지 우리와 같은 생각인 것 같았지. 내가 잡고 있는 남자를 볼 때마다, 그 외과의사는 그 남자를 죽이고 싶은 욕망으로 역겨움에 얼굴이 하얗게

---

3. 주거노트(Juggernaut)는 힌두교의 신으로 그 숭배자들은 신의 영상이 새겨진 차에 뛰어들어 그들의 신앙심을 보여주곤 한다. 엔필드 씨는 소녀가 남자에게 짓밟히는 모습을 이 희생에 비유한 것이다.
4. 엉터리 외과 의사를 칭하는 속어.

질리는 것을 볼 수 있었거든. 그가 내 맘속에 어떤 생각이 들었는지 아는 것처럼 나도 그의 맘속에 어떤 생각이 들었는지 알 수 있었다네. 그런데 죽이는 건 말도 안 되기 때문에 우리는 차선책을 취했지. 맘만 먹으면 이 끝에서 저 끝까지 럴던 시내 전체에 그의 평판을 아주 나쁘게 떨어뜨릴 만큼 이 일을 아주 큰 사건으로 만들 수도 있다고 그 남자에게 으름장을 놓았지. 친구나 신용이 있다면 그 모든 것을 잃게 만들 수 있다고 말이네. 그리고 우리가 이렇게 열을 내며 목청을 돋우는 동안 줄곧 우리는 있는 힘껏 계속해서 여인네들을 밀쳐내야 했다네. 왜냐하면 그녀들은 마치 하피들[5]처럼 날뛰고 있었거든. 난 한 번도 그렇게 증오로 가득 찬 얼굴들을 본 적이 없었다네. 하지만 그 와중에도 그 남자는, 내가 보기에는 놀라긴 했지만, 흉악하면서도 빈정거리는 냉담한 모습으로 마치 사탄처럼 정말로 묵묵히 그 상황을 헤쳐 나가고 있었지. '만약 이 사건을 이용하고자 한다면, 저야 의당 어쩔 수 없지요.' 그가 말했네. 그리고 이어 '이런 추태를 피하고 싶지 않은 사람은 없지요. 원하는 액수를 말하시오'라고 말했다네. 음, 우리는 그를 바싹 죄어 아이 가족에게 백 파운드까지 주도록 다그쳤다네. 그는 분명 빠져나가고 싶어 했지만 우리는 골탕을 먹이고 싶은 맘이 있었고 마침내 그 남자도 백기를 들 수밖에 없었지. 다음으로 할 일은 돈을 받

---

5. 고전 신화에서 하피는 여자의 모습을 한 날개 달린 요괴로 나쁜 짓에 보복을 가하곤 했다.

아내는 거였어. 근데 그가 우리를 어디로 데려갔는지 아는가? 바로 저 대문이 있는 집이라네. 열쇠를 잽싸게 꺼내더니 들어가서는 곧바로 십 파운드의 금붙이와 코츠 은행[6] 계좌의 수표를 들고 나왔지. 수표는 수취인에게 지불 가능한 것으로 내 이야기의 중요한 사항이지만 감히 말할 수 없는 이름으로 발행된 거였다네. 아무리 에누리해 말해도 아주 잘 알려지고 신문에도 종종 나오는 이름이었지. 그 금액은 엄청났지만 그 서명이 만약 진짜라면 그보다 많은 금액이라도 문제가 없는 그런 사람이었지. 나는 용기를 내어 그 남자에게 이 모든 사태가 완전히 의심스러우며 도대체 어떤 사람이 실생활에서 새벽 4시에 지하실 방으로 들어갔다가 다른 사람 이름으로 된 백 파운드에 달하는 수표를 들고 나올 수 있겠냐고 따져 물었지. 하지만 그는 아주 편하게 비웃으며 말하기를, '걱정이랑 붙들어 매시죠. 제가 은행 문이 열릴 때까지 같이 있다가 직접 현금으로 바꿔주겠소.' 그래서 의사양반과 그 아이의 아버지, 그리고 내 친구와 나까지 우리 모두 함께 그 집에서 나와 내 방에서 밤을 새운 뒤, 다음 날 아침을 먹고 나서 함께 무리지어 은행으로 갔다네. 직접 내가 수표를 내밀면서 분명 위조라고 믿을만한 여러 이유가 있다고 말했지. 하지만 전혀 아니었지. 그 수표는 진짜였다네."

"쯧쯧" 어터슨 씨가 말했다.

"내 보기에 자네도 나와 같은 기분이군." 엔필드 씨가 말했

---

6. 1672년에 설립된 아주 오래되고 유명한 은행

다. "그렇다네, 고약한 이야기지. 그 남자는 어느 누구와도 관계를 맺을 수 없는 정말로 가증스러운 자라네. 그리고 수표를 쓴 사람은 상당히 재력가일 뿐만 아니라 유명 인사이고, (설상가상으로) 소위 훌륭한 일을 하는 자네 동료라네. 이건 공갈협박일 거야. 정직한 사람이 젊은 시절 사소한 잘못 때문에 엄청난 대가를 치르는 거지. 그래서 난 그 대문이 있는 집을 공갈집이라 부르네. 알겠지만, 그렇다고 모든 일이 다 해명될 리 없지만 말일세." 그가 덧붙여 말하더니, 그 말과 함께 골똘히 생각에 빠져들었다.

"그럼 그곳에 수표 발행인이 사는지 모른단 말인가?" 어터슨 씨의 다소 급작스런 질문 때문에 그는 깊은 생각에서 벗어나게 되었다.

"살 법도 하지, 안 그런가? 하지만 난 우연히 그의 주소를 보게 되었다네. 그는 다른 동네에 산다네." 엔필드 씨가 대답했다.

"그럼 자넨 한 번도 물어본 적이 없나 – 그 대문이 있는 집에 대해?" 어터슨 씨가 물었다.

"이보게, 못했네. 민감한 점이 있거든. 물어보고 싶은 맘이야 굴뚝같았지. 허나 뭔가 최후 심판의 날과 어울리는 그런 낌새가 너무 많다네. 질문을 꺼내는 건 돌을 굴리는 것과 같지. 언덕 꼭대기에 조용히 앉아 있는데, 돌들이 굴러 가면서 다른 돌들을 굴리듯이 말일세. 그리고 곧이어 (자네가 거의 생각조차 못하는) 어떤 밋밋한 늙은 새가 자기 집 정원에서 머리통에 돌을 맞는 거지. 그래서 자네 가족은 이름까지 바꿔야 되는 그런 걸세. 안 되네, 이보게. 내 원칙은 말일세. 금전적인 문제일수록 물어보지 않는 거네."

"아주 좋은 원칙이군," 그 변호사가 말했다.

"그런데 내가 그 집을 직접 조사해 봤다네," 엔필드 씨가 말을 이었다. "거의 집이라 할 수 없었지. 다른 문은 하나도 없고, 어느 누구도 그 문으로 들어가거나 나오는 적이 없었지. 내가 마주쳤던 그 남자를 정말 어쩌다 한번 본 것 말고는 말일세. 이층에는 정원을 내려다보는 창문이 세 개 있을 뿐이고 아래층에는 하나도 없지. 그 창문들도 깨끗하지만 항상 닫혀있었어. 그리고 글쎄 굴뚝이 있는데 평소에는 연기가 나는 걸 보니, 분명 누군가 거기 살고 있는 걸세. 하지만 그 마저 확실치 않네. 그 정원 주위로 집들이 빽빽이 들어차서 집들이 어디서 시작해서 어디서 끝나는지 도무지 알기 어렵거든."

두 사람은 다시 한동안 묵묵히 걸었다. 그러다 어터슨 씨가 말했다. "엔필드, 자네 그건 정말 좋은 원칙일세."

"그렇지, 나도 그렇게 생각하네," 엔필드 씨가 말했다.

"그럼에도 불구하고, 내가 묻고 싶은 게 하나 있네. 난 정말 그 아이를 밟고 지나간 그 사람의 이름을 묻고 싶네," 변호사가 말을 이었다.

"음, 허긴 말해도 아무 해가 될게 없지. 그는 하이드라 불리는 사람이었네." 엔필드 씨가 말했다.

"흠~, 보기에 어떤 종류의 인간이던가?" 어터슨 씨가 말했다.

"뭐라 말하기 쉽지 않네. 외모에 뭔가 이상한 것이 있기는 하지. 불쾌하고 솔직히 역겨운 그 뭔가 있지. 난 지금까지 그렇게 싫은 사람을 본 적이 없네. 물론 왠지 모르지만 말일세. 그는 어딘가 기형임에 틀림없어. 비록 어디라고 꼭 집어 말할 수는 없지만, 불구라는 느낌을 강하게 풍기거든. 아주 독특한 생김새의 남자지만 딱히 어떤 것이 이상하다고 말할 수는 없다네. 이보게, 못하겠네. 이 일에 난 아무 쓸모가 없군. 정말 뭐라고 설명할 수 없다네. 기억이 부족해서가 아닐세. 지금 이 순간에도 난 그자를 똑똑히 기억하고 있으니 말일세."

어터슨 씨는 다시 말없이 길을 걸으며 분명 깊은 생각에 짓눌려 있었다. "그자가 분명 열쇠를 사용했는가?" 그가 마침내 물었다.

"그, 그래 이보게 …" 혼자 놀라 엔필드 씨는 말을 시작했다.

"그래, 나도 알지. 분명 이상하게 보인다는 거 아네. 사실은 말일세, 내가 다른 쪽 이름을 자네에게 묻지 않은 건, 그건 이미 알고 있기 때문이네. 알지, 리처드, 자네 이야기는 정곡을 찌르고 있어. 그래도 내 생각에 똑 부러지지 않는 대목이 있다면 고쳐 말해주면 좋겠군."

"자네가 안다고 내게 귀띔해줄 수도 있었을 텐데." 다소 부루퉁해서 상대가 대꾸했다. "하지만 자네도 말하듯이 난 융통성이 없을 정도로 정확히 말했네. 그자는 열쇠를 갖고 있었고, 더군다나 아직도 갖고 있다네. 채 일주일도 되기 전에 그자가 열쇠를 쓰는 걸 내가 보았거든."

어터슨 씨는 깊게 한숨을 내쉬며 한마디 말도 하지 않았다. 그러자 젊은 엔필드 쪽이 바로 말을 이었다. "다시 한 번 말조심해야 한다는 교훈을 받았네. 장황하게 늘어놓아 창피하군. 다시는 이 문제를 언급하지 않기로 약조 하세." 그가 말했다.

"기꺼이, 동의의 악수를 하겠네, 리처드." 변호사가 말했다.

하이드 씨 수색

그날 밤, 어터슨 씨는 우울한 기분으로 자기 집으로 돌아와 입맛도 없이 저녁을 들려고 앉았다. 일요일에 저녁을 먹고 나면, 어터슨 씨는 무미건조한 신학 책 한 권을 들고 난로 옆 책상에 앉아 근처 교회 종이 저녁 열두 시를 칠 때까지 책을 보다 차분하고 감사하는 마음으로 잠자리에 드는 게 습관이었다. 하지만, 그날 밤은 식탁을 치우자마자 촛불을 들고 사무실로 들어갔다. 거기서 금고를 열고 가장 깊숙하고 내밀한 곳에서 봉투에 지킬 박사의 유언장이라고 쓰여 있는 서류를 꺼내서 침울한 표정으로 의자에 앉아 내용을 살펴보았다. 유언장은 이미 작성되어 어터슨 씨가 맡고 있었지만, 처음 쓸 때 최소한의 어떤 도움조차 어터슨 씨가 주지 않았기에 박사의 자필 유서였다. 유서는 의학박사이며 교회법박사이며 법학박사이며 왕립협회 회원이며 기타 여러 직함을 지닌 헨리 지킬 박사의 사망 시, 전 재산은 친구이자 은인인 하이드 씨의 수중으로 넘어가도록 한다고 명할 뿐만 아니라 석 달 이상 동안 지킬 박사가 실종되거나 이유 없이 부재할 경우에도 상기한 에드워드 하이드가 지체 없이 하등의 부담과 의무에 구애받지 않고 상기한 헨리 지킬의 후임이 되도록 규정하고 있다. 이는 몇몇 소량의 금액을 지불하는 것을 넘어서 의사의 가솔들까지도 포함하는 거였다. 이 문서는 오랫동안 변호사에게는 골칫거리였다. 또한 유서는 변호사로서 뿐만 아니라 터무니없는 것을 뻔뻔스러운 것으로 여기며 인생에 건전하고 관행적인 것을 선호하는 그의 기분을 상하게 했다. 그리고 더욱 분한 것은 이제까지 그가 하이드 씨를 몰랐다는 점이다. 또한 이제 갑작스런 반전으로 그를 알게 되어 분했다. 단지 그 이름이 자신이 아무것도 모르던 이름일 때조차도 유서는 충분히 불쾌했었다. 이제 그 이름이 아주 가증스런 것들로 뒤덮였으니 더욱 재수 없었다. 오랫동안 어안이 벙벙하게 만들며 막막하게 떠도는 안개 속에서 악마가 불현듯 분명하게 뛰어나와 떡하니 서 있는 것 같았다.

"이건 미친 짓이라 생각했는데 이제 치욕스런 일일까 봐 걱정이야," 그가 추악한 서류를 금고에 다시 넣으며 말했다.

이렇게 혼자 말하며, 그는 촛불을 끄고 큰 외투를 입고 친구인 레이넌 박사가 거처하며 몰려드는 환자들을 받는 병원 동네, 캐븐디쉬 스퀘어 방향으로 출발했다. "누군가 안다면, 그건 레이넌일 거야," 그는 생각했다.

근엄한 집사가 그를 알고 반갑게 맞이했다. 전혀 지체하지 않고 그는 바로 현관에서 레이넌 박사가 홀로 와인을 기울이고 앉아 있는 식당으로 안내받았다. 그는 유쾌하고, 건강하며 말쑥하니 혈색 좋은 신사였으며, 일찌감치 머리가 희어진 활달하면서도 단호한 태도를 지닌 신사였다. 어터슨 씨를 보자 그는 의자에서 일어나 양팔을 벌려 그를 환영했다. 원래 그렇듯이 그의 싹싹함은 보기에 다소 가식적이지만 진심에서 우러나오는 거였다. 이 두 사람은 학창 시절과 대학 때부터 오랜 친구이고 단짝으로 자신과 서로를 완전히 존중하여, 늘 그런 건 아니지만 서로 함께 하는 것을 즐기는 사이였다.

이런 저런 얘기를 잠시 늘어놓은 뒤, 변호사는 꺼림칙하게 그의 마음을 짓누르고 있는 용건으로 말머리를 돌렸다.

"내 짐작으로, 레이넌, 우리 둘이 헨리 지킬의 제일 오래된 두 친구이지?" 그가 말했다.

"친구로서 더 젊으면 좋으련만. 아무튼 우리는 그런 친구라고 나도 동감하네. 근데 그게 어쨌다는 거지? 요즘 그를 거의 보지 못했거든." 레이넌 박사가 키득거리며 말했다.

"그런가? 난 자네들이 서로 관심사가 같다고 생각했는데," 어터슨이 말했다.

"그랬지,"라고 대답했다. "하지만 내 보기에 헨리 지킬은 너무 공상에 빠진지도 벌써 십 년이 넘었네. 그는 이상해지고, 그릇된 생각을 하기 시작했지. 비록 나야 흔히 말하듯 옛 정을 생각해서 계속 관심을 쏟고 있지만 말일세. 끔찍하게도 그를 거의 못 보고 있다네. 그렇게 비과학적인 헛소리를 해대면 그토록 친한 데이먼과 파이시어스[7]조차 변하게 했을 걸세." 의사가 갑자기 얼굴을 붉히며 덧붙였다.

약간의 성질을 내는 모습이 어터슨 씨에게는 다소 안심이 됐다. "두 사람이 과학적인 면에서 다소 생각을 달리하는가 보군," 그는 생각했다. 과학적인 열정이 없는 사람으로 (부동산 양도같은 문제를 제외하고) 그는 덧붙여 생각했다. "그것보다 더 나쁜 일은 전혀 아니지." 친구가 평정을 찾을 수 있도록 약간의 짬을 주고 나서 그는 자신이 하고자 하는 질문으로 나아갔다. "그의 피후견인 – 하이드라는 자를 본 적이 있는가?" 그가 물었다.

"하이드? 아니. 들어본 적도 없는데. 생전 처음인데." 레니언이 되받아 말했다.

변호사가 커다랗고 어두운 침대에 들어 몸을 이리저리 뒤척이며 새벽녘이 되어 점점 환해질 때까지 그가 얻을 수 있는 정보는 이게 전부였다. 정신이 산란해져 완전한 어둠 속에서 애를 쓰며 여러 의문에 시달리는 편치 못한 밤이었다.

어터슨 씨 거처 가까이 있는 교회 종이 때마침 적절하게 여

---

7. 파이시어스는 기원전 4세기경 폭군이 디오니소스의 저주를 받아 죽음에 처하는 데 중대사에 참여해야 하는 파이어스가 돌아오지 않는 다면 대신 죽는다는 조건으로 데이먼이 대신 잡혀갔을 정도로 우정이 돈독했던 사이.

섯 시를 울렸지만 그는 여전히 그 문제를 골똘히 파고들고 있었다. 지금까지 그 문제는 지적인 면에서만 그를 괴롭혔지만 이제 상상력이 끼어들면서 그를 완전히 사로잡고 말았다. 지긋지긋하게 어두운 밤, 커튼이 드리워진 방에 누워 뒤척이며, 엔필드 씨의 이야기가 그의 맘속에서 훤히 펼쳐지는 것을 되새겨보고 있었다. 도시의 밤에 늘어선 가로등을 보다가, 잽싸게 걸어가는 사내 모습을 보고, 그리고 의원에서 뛰어나오는 아이로 이어지더니, 이 둘이 서로 맞닥뜨리며 인간 악마가 비명은 아랑곳하지 않고 아이를 밟고 지나가는 모습을 그려보고 있었을 거다. 아니면 그는 부유한 집의 어느 방 하나를 보는데, 그 안에는 자신의 친구가 잠들어 누워 꿈속에서 미소 짓고 있는 모습을 보았을 거다. 그때 그 방문이 열리고 침대의 커튼이 휙 제켜지며 잠자던 이가 깨어나고, 그리고 아! 그 옆에 권능을 부여받은 한 인물이 서 있어, 사방이 모두 쥐 죽은 듯이 조용한 시간에 그가 일어나 분부대로 따라가는 모습을 보았을지도 모른다. 두 모습을 한 그 인물이 밤새 변호사를 사로잡았다. 어떨 때 잠시 졸음이 오면 잠들어 있는 집들 사이로 그 인물이 몰래 미끄러져 가는 걸 보거나, 아니면 더 날렵하게, 정말 어지러울 정도로 날렵하게 가로등이 켜진 도시의 거대한 미로 속으로 미끄러져 가며, 모퉁이 마다 그 아이를 짓뭉개며 비명을 지르게 내버려두는 모습을 보았다. 그런데 여전히 그 인물에게는 그자인지 알아볼 수 있는 얼굴이 없고, 심지어 꿈속에서조차 당혹스럽게도 얼굴이 없이 그 모습은 바로 그의 눈앞에서 녹아 없어져버렸다. 사태가 이러하니 변호사의 마음속에서는 진짜 하이드 씨의 생김새를 보고 싶은 마음이 엄청나게 강해졌고, 솟아나는 호기심은 거의 도를 지나칠 정도로 점차 커져만 갔다. 한번만이라도 그를 볼 수 있다면, 마치 대부분의 기이한 일들이 완전하게 설명이 이루어지면 그렇듯이, 그 미스터리도 모두 밝혀져서 다 사그라질 것만 같았다. 친구가 이상하게 그자를 좋아하는 이유나 유대감을(굳이 그렇게 부른다면) 느끼는 이유를 알 것 같았고, 심지어 그 소스라칠 유언의 문구에 대해서도 납득이 될 것 같았다. 적어도 그 자의 얼굴을 한 번은 볼만한 가치가 있어 보였다. 자비스런 속내라고는 하나도 없는 그자의 얼굴을. 그냥 보기만 해도 별로 깊은 인상을 받지 않는 엔필드의 마음에 지속적인 증오심을 불러일으키는 그 얼굴을.

그때부터 줄 곧, 어터슨 씨는 가게들 뒷골목에 있는 그 집을 자주 찾아가게 되었다. 아침 근무 시간 전에 혹은 일이 많아 시간이 없는 정오에도, 안개 낀 도시 달빛 아래 한밤중에도, 그리고 불빛 아래 또는 사람이 몰려 있든 없든, 그 변호사가 정해놓은 자리에서 종종 그를 볼 수 있었다.

"그가 하이드 씨(숨는 자)가 되면 나는 시이크 씨(술래)가 될 테다[8]." 그는 생각했다.

---

8. Hyde는 '숨다'의 hide와 동음이의어이다. 이 단어와 반대어인 seek(찾다)를 연결시켜 대조적인 말장난을 하고 있다

마침내 그의 인내심은 보답을 받았다. 맑고 건조한 밤이었다. 공기는 서리가 끼어 냉랭하고 길은 연회장의 마루처럼 깔끔했으며, 가로등은 바람에 전혀 흔들리지 않고 빛과 그림자의 규칙적인 패턴을 그려내고 있었다. 열 시가 되어 가게들이 문을 닫을 때, 골목길은 아주 한산해졌고, 사방에서 들려오는 낮은 우르릉거리는 런던의 소리에도 불구하고 모든 것이 아주 조용해졌다. 나지막한 소리조차 멀리까지 퍼져나갔고, 집에서 들

려오는 가사일 소리마저 길 양쪽에서 분명히 들을 수 있을 정도였다. 행인이 다가오는 발소리마저 일찌감치 미리 들을 수 있었다. 어터슨 씨는 평소 그 자리에 몇 분 정도 서 있었고, 그때 묘하게 가벼운 발소리가 가까이 다가오는 것을 알아차렸다. 그는 야간 순찰 과정에서 어떤 사람의 발소리가 아주 멀리 떨어져 있을 때조차 도시의 광대한 술렁임과 덜컹거림 속에서 불현듯 분명하게 튀어나오는 묘한 효과에 이미 익숙해져 있었다. 하지만 그의 촉각이 그토록 결정적으로 날카롭게 끌렸던 적은 없었다. 강하면서도 미신처럼 근거 없는 성공의 예감으로 그는 골목 입구로 몸을 숨겼다.

발자국은 재빠르게 점점 가까워졌고, 길모퉁이를 돌아설 때 갑작스레 더욱 크게 부풀어 올랐다. 입구에서 앞쪽을 바라보던 변호사는 도대체 어떤 종류의 사람과 맞닥뜨리게 될 것인지 곧바로 알아차릴 수 있었다. 그는 작고 아주 평범한 옷차림이었으며 심지어 그렇게 먼 거리에서조차 그를 보는 것만으로도 보는 이의 마음을 불쾌하게 만드는 그런 모습이었다. 하지만 그 자는 시간을 아끼려고 길을 가로질러 바로 문으로 향해 갔고 문 가까이 다가가면서 마치 자기 집에 다다른 사람처럼 주머니에서 열쇠를 꺼내 들었다.

어터슨 씨는 걸어 나와 그가 지나갈 때 그의 어깨를 잡았다.
"하이드 씨 아닌가요?"

하이드 씨는 숨을 훅 들이쉬며 뒤로 움츠렸다. 하지만 그의 공포심은 아주 잠시뿐이었고 변호사를 정면으로 쳐다보지는 않았지만 충분히 차분하게 대답했다. "내 이름이 맞소. 무슨 일이오?"

"제가 보기엔, 이 집에 들어가시는 것 같은데." 변호사는 대답했다. "전 지킬 박사의 오랜 친구 – 곤트 가의 어터슨 – 인데, 저에 대해 들어보신 적이 있을 겁니다. 때마침 이렇게 만났으니, 혹시 저도 안으로 들어갈 수 있지 않을까요?"

"지킬 박사는 뵐 수 없소. 그는 출타 중이오." 하이드 씨가 열쇠를 끼워 넣으며 대답했다. 그러고는 갑자기, 하지만 여전히 쳐다보지도 않은 채 조용히 물었다.

"어떻게 저를 알았소?"

"혹시 그쪽에서 제 청을 들어주실 수 있나요?" 어터슨 씨가 말했다.

"기꺼이," 상대방이 대답했다. "무슨 부탁인데요?"

"제게 얼굴 좀 한번 보여주시겠어요?" 변호사가 부탁했다.

하이드 씨는 망설이는 눈치였지만, 이내 불현듯 무슨 생각이 들었는지 마치 대들 기세로 그를 마주 쳐다보았다. 두 사람은 몇 초 동안 완전히 고정되어 서로를 노려보았다. "이제 다음부터는 당신을 알아 볼 수 있겠죠," 어터슨 씨가 말했다. "그건 유용할 거 같은데."

"그렇소," 하이드 씨가 대답했다. "우리가 만난 건 천운이죠. 그건 그렇고 제 주소가 있어야 겠죠?" 그는 소호에 있는 한 거리의 주소를 건네주었다.

"세상에나!" 어터슨 씨는 생각했다. "그도 유언장에 대해서 생각을 하고 있었던 걸까?" 하지만 그는 감정을 감추고 단지 주소를 안다는 듯이 으흠 거렸다.

"그럼," 상대방이 말했다. "어떻게 저를 알아보았소?"

"인상착의 때문이었죠," 대답이 이어졌다.

"누가 말한 인상착의란 말이오?"

"우리 서로 같이 아는 친구가 있지요," 어터슨 씨가 말했다.

"같은 친구라고요?" 다소 거칠게 하이드 씨가 되뇌었다. "그게 누구죠?"

"예를 들어, 지킬 박사요," 변호사가 말했다.

"그는 당신에게 결코 제 얘기를 한 적이 없는데," 하이드 씨는 버럭 화가 치밀어 소리쳤다. "당신이 거짓말을 하리라곤 생각도 못했소."

"이보게," 어터슨 씨가 말했다. "말이 좀 지나치군."

상대는 으르렁 거리듯 잔인한 웃음을 크게 터뜨렸다. 다음 순간, 놀라운 순발력으로 그는 문을 열고는 집 안으로 사라져 버렸다.

하이드 씨가 들어간 뒤에도 그 변호사는 불안한 모습으로 그곳에 잠시 서 있었다. 그러고는 한 걸음 내디딜 때마다 그는 멈춰 서서 마치 정신적으로 곤혹스런 사람처럼 손으로 이마를 짚으며 천천히 길을 따라 내려갔다. 걸으면서 아무리 그가 씨

름해보아도 그 문제는 풀릴 수 없는 그런 문제였다. 하이드 씨는 창백하고 왜소했으며, 뭐라고 꼬집어 말할 만한 기형은 없으면서도 불구라는 인상을 주었다. 그는 불쾌한 웃음을 지니고 일종의 소심함과 대범함의 살기어린 혼합으로 변호사를 대하며, 쉰듯하며 속삭이지만 찢어진 목소리로 말했다. 이 모든 것이 그에게 불리한 점이었지만 그렇다고 이 모든 것이 어터슨 씨가 그를 바라보는 이제까지 알 수 없는 역겨움이나 혐오와 두려움을 모두 설명해 주는 것도 아니었다. "틀림없이 뭔가 다른 게 있어," 그 곤혹스런 신사는 말했다. "뭔가 더 있다니까, 만약 뭐라 딱 꼬집어 말할 수 있다면 말이야. 이런, 그자는 거의 인간 같지 않으니! 굳이 말하자면 유인원 같다고 할까? 아니면 펠 박사[9]에 관한 옛 이야기 같은 것일까? 아니면 육신을 뚫고 나와 육신의 모습마저 바꾸는 추악한 영혼의 빛이란 말인가? 내 생각에는 마지막 것 같은데. 오, 불쌍한 내 친구 해리 지킬[10], 만에 하나 내가 사람 얼굴에서 사탄의 표시를 보았다면 바로 자네의 새 친구 얼굴에서라네."

골목길 모퉁이를 돌면, 지금은 대부분 높은 신분에서 몰락

---

9. 17세기 영국의 성직자로 후에 옥스퍼드 대주교가 되는데 여기서는 무모한 증오심의 상징으로 쓰인다. 17세기 옥스퍼드 크라이스트 교회 사제에 대한 이야기를 담고 있는 마샬의 경구에서 온 말. "펠 박사, 난 당신을 사랑하지 않네/ 그 이유를 말할 수 없지만 단지 이 한 가지는 잘 알고 있네/ 바로 내가 당신을 좋아하지 않는다는 걸 말일세."
10. 이 부분부터 작가는 실수로 헨리 지킬의 이름을 바꾸어 해리 지킬로 표기한다. 본 역서는 원저에 따라 헨리 지킬과 해리 지킬을 둘 다 사용한다.

하여 지도 제작자나 건축가, 뒤가 구린 변호사들이나 무명 기업들의 업자들과 같은 온갖 종류와 신분의 사람들에게 아파트나 방을 세놓은 오래되고 멋진 집들이 늘어서 있었다. 하지만 모퉁이에서 두 번째 집은 여전히 온전하게 거주자가 살고 있었는데 비록 채광창의 불빛을 제외하고는 이제 모두 완전히 어둠에 빠져있었지만 거대한 부와 안락의 분위기를 지닌 그 집 문 앞에 어터슨 씨는 발걸음을 멈추었고, 이내 문을 두드렸다. 옷을 잘 차려입은 나이든 하인이 문을 열어주었다.

"지킬 박사는 집에 계신가, 풀?" 변호사가 물었다.

"한번 확인해 보겠습니다. 어터슨 씨," 풀은 대답하면서 방문객을 깃발 문양의 바닥과 (시골 저택의 유행을 따라) 환하게 불이 지펴진 따뜻하고, 값 비싼 떡갈나무 장이 있는 커다랗고 낮은 천장의 안락한 홀로 안내 했다. "여기 난로 옆에서 기다리시겠어요, 나리? 아니면 제가 식당에 불을 켜드릴까요?"

"여기 있겠네, 고맙네," 변호사가 말했다. 그리고 그는 난로 가까이 다가가 펜스에 기대어 섰다. 그가 홀로 남겨진 이 방은 그의 친구인 의사가 가장 아끼는 방이었다. 어터슨 자신도 런던에서 가장 기분 좋은 방이라고 종종 칭찬하던 방이었다. 하지만 오늘 밤은 피가 얼어붙을 정도로 소름이 끼쳤다. 하이드의 얼굴이 무겁게 그의 기억을 짓누르고 있었고 그는 (아주 드문 경우지만) 삶의 구역질과 역겨움을 느끼고 있었다. 울적한 기분에 그는 잘 닦인 장에 반사되는 벽난로의 깜박이는 불빛과 천장에 드리워진 불편한 그림자의 흔들림에서 뭔지 모를 위협을 읽어낼 수 있는 것 같았다. 지킬 박사가 출타중이라고 전하려 풀이 바로 되돌아왔을 때 일종의 안도감을 느끼는 자신이 부끄러울 정도였다.

"난 하이드 씨가 낡은 해부실 문으로 들어가는 것을 보았네, 풀," 그가 말했다. "지킬 박사가 출타 중일 때 그래도 괜찮은 건가?"

"괜찮고말고요, 어터슨 씨. 하이드 씨도 열쇠가 있는 걸요" 하인이 대답했다.

"자네 주인이 그 젊은이를 상당히 믿고 있는 것 같군, 풀" 상대편이 골똘히 생각하듯이 말을 이었다.

"예, 나리, 정말 그렇습죠. 저희 모두 그의 말을 따르라는 명을 받았지요." 풀이 말했다.

"내가 하이드 씨는 본 적이 있나?" 어터슨 씨가 물었다.

"오, 아닐 겁니다, 나리. 그는 결코 여기서 식사를 하지 않으시죠." 그 집사가 말했다. "정말로 저희도 집 이쪽에서는 그분을 뵌 적이 거의 없는 걸요. 그분은 주로 실험실로 오고 가시죠."

"음, 잘 자게, 풀"

"안녕히 가세요, 어터슨 씨"

그리고 변호사는 마음이 아주 무거워져서 집을 향해 발길을 돌렸다. "불쌍한 해리 지킬," 그는 생각했다. "그가 깊은 수

렁에 빠진 것 같은 불안한 마음이 드는구먼! 젊어서 그는 제멋대로였지. 확실히 오래전에는 그랬지. 하지만 하느님의 법에는 공소 시효가 없지. 그래, 바로 그걸 거야. 다소 오래된 죄의 유령, 숨겨진 치욕의 암 덩어리 같은 거 말이야. 기억도 나지 않을 정도로 스스로의 과오를 용서한 후, 오랜 세월이 지난 뒤에 절름거리며 천천히 다가오는 벌과 같은 것 말이야." 그리고 변호사는 그 생각에 소름이 끼친 듯, 우연이라도 옛날 자신의 잘못이 도깨비처럼 환한 대낮으로 튀어나올까 두려워하며 잠시 동안 자신의 기억을 구석구석 살펴보며 과거를 되돌아보았다. 그의 과거는 꽤나 흠잡을 데 없었다. 그보다 걱정 없이 자신의 삶의 궤적을 훑어 내려갈 수 있는 사람도 거의 없을 것이다. 하지만 그는 그가 저지른 많은 그릇된 일들로 인해 굴욕감을 느끼다가, 그리고 이내 거의 잘못을 저지를 뻔하다 겨우 피할 수 있었던 많은 일들에 차분하면서도 경건한 마음으로 감사를 했다. 곧이어 다시 앞의 생각으로 되돌아가 희망의 불씨를 마음에 품을 수 있게 되었다. "이 하이드란 자도 꼼꼼히 조사해보면 분명 그 자신만의 비밀이 있을 거야. 그의 인상처럼 음험한 비밀. 비교해 볼 때 불쌍한 지킬이 저지른 최고로 사악한 행위마저도 환한 햇살처럼 보일 그런 어두운 비밀을 갖고 있을 거야. 일이 이대로 굴러가게 둘 수는 없지. 마치 도둑처럼 해리의 침실로 몰래 기어들어오는 이 작자를 생각만 해도 소름이 끼칠 것 같군. 불쌍한 해리, 얼마나 놀라서 깨어났을까! 그리고 그 위험이란 게, 만약 하이드란 작자가 유서의 존재를 안다면, 유산을 물려받으려 얼마나 안달이 날까. 음, 온 힘을 바쳐서라도 – 만약 지킬이 승낙만 해주다면." 그는 말을 이었다, "만약 단지 지킬이 승낙만 해준다면." 그는 투명판처럼 또렷하게 마음의 눈으로 유서의 그 이상한 구절을 볼 수 있었다.

지킬 박사는 맘 편하게

보름 후에, 천만 다행으로 지킬 박사는 모두 지성을 갖추고 명망이 높으며 좋은 와인에 대한 미각을 갖춘 대여섯 명의 옛 친구들과 유쾌한 저녁 만찬을 열게 되었다. 어터슨 씨는 모든 사람들이 떠난 후에 뒤에 남아보려고 애를 썼다. 전에도 수십 차례 혼자 뒤에 남게 된 적이 있었기에 이 일은 전혀 색다른 것이 아니었다. 어터슨을 좋아하는 곳에서 그는 아주 사랑을 받는 편이었다. 가볍고 말이 많은 손님들이 다 대문을 나설 때, 주인장들은 이 덤덤한 변호사를 따로 불러 세우길 좋아했다. 그들은 조심성 있는 친구와 함께 잠시 앉아 소모적이고 피곤한 잔치 후에 남자들만의 값진 침묵 속에서 자신의 생각을 정리해보고 고독을 느끼는 걸 즐기곤 했다. 이런 관행에 있어 지킬 박사도 예외는 아니었으므로 그도 벽난로 앞에 자리를 잡고 앉았다. 쉰 살의 커다랗고 균형 잡힌 부드러운 얼굴의 신사, 어쩌면 다소 은근히 살펴보는 듯하지만, 친절하면서도 포용력 있는 태도를 지닌 남자 - 그의 표정을 보면 그가 어터슨 씨에 대해서 진술하면서도 따스한 감정을 소중히 간직하고 있음을 바로 알 수 있었다.

"지킬, 자네와 애길 나누고 싶었다네. 알다시피 자네의 그 유언은?" 변호사가 먼저 말을 꺼냈다.

눈치 빠른 사람이라면 그 주제가 불쾌한 것임을 알아차렸을 것이다. 하지만 의사는 유쾌하게 상황을 이끌어 나갔다. "가엾은 어터슨, 나와 같은 의뢰인을 상대하다니 참 운도 없지. 내 유언장 때문에 그렇게 신경을 쓰는 사람을 본 적이 없네. 말라빠지고 융통성이란 없는 레니언이 소위 그가 이단이라고 부르는 내 연구에 곤혹스러워 할 때 말고는 말이야. 오, 나도 그가 좋은 사람인 건 알지 - 얼굴 찡그리지 말고 - 참 괜찮은 사람이지. 나야 언제나 더 자주 그를 보고 싶지만 아무리 그래도 참 고지식하고 말라빠진 사람이거든. 무지하고 퉁명스런 현학자지. 난 누구보다도 레니언에게 실망했다네."

"난 절대 그 유언장을 인정할 수 없다는 걸 자네도 알지," 어터슨이 냉정하게 새 애깃거리를 무시하면서 말을 이었다.

"내 유언장 말인가? 그래, 나도 확실히 알고 있지. 자네가 그리 말해왔으니," 박사가 다소 날카롭게 말했다.

"음, 다시 한 번 말을 해줘야겠네. 그 젊은 하이드에 대해서 나도 좀 알게 되었으니." 변호사는 계속했다.

지킬 박사의 크고 멋진 얼굴이 입술까지 파래졌고 눈가는 검어졌다. "더 이상 듣고 싶은 맘이 없네. 이건 우리가 묻어두기로 한 문제라 생각하는데," 그가 말했다.

"내가 들은 게 너무 끔찍해서 말일세," 어터슨이 말했다.

"그렇다고 바뀔 건 없네. 자넨 내 입장을 이해 못해서 그래," 분명 태도가 흔들리면서 박사는 대답했다. "어터슨, 난 고통스런 상황일세. 내 입장이 아주 힘들다네. 아주 묘한 상황이지. 얘기로 풀만한 그런 사태가 아닐세."

"지킬, 자넨 내가 어떤 사람인지 알지 않나? 믿을 만한 사람이 아닌가. 믿고서 속 시원히 털어놓게. 의심할 바 없이 자넬 그 상황에서 벗어나게 해줌세."

"아 어터슨, 아주 고맙네. 정말 자네에게 고맙기 그지없군. 고마움을 무슨 말로 표현할지 모르겠군. 나야 자네를 완전히 믿지. 산 사람 중에 가장 먼저 자네를 믿고 싶네, 그래, 선택의 여지가 있다면 나 자신보다 먼저 자넬 믿을 걸세. 하지만 이건 정말 자네가 상상하는 그런 일이 아니네. 그렇게 아주 나쁜 것도 아니고. 그저 편히 마음을 놓을 수 있게 내 한 가지만 말해주겠네. 내가 선택한 순간에 언제든지 하이드 씨를 없앨 수 있네. 그 점에 대해 맹세할 수 있네. 다시 한 번 고마울 따름이네. 한마디만 덧붙인다면, 어터슨, 흔쾌히 받아들일 거라 믿네만, 이건 개인적인 문제니. 그러니 제발 그냥 잠자코 내버려두게."

어터슨은 불을 보며 잠시 생각에 잠겼다.

"전적으로 자네 말이 옳다고 생각하네." 그는 마침내 일어서며 말했다.

"음, 하지만 이왕 우리가 이 문제를 거론했으니, 그리고 이게 마지막이길 바라지만, 내 자네가 이해해주었으면 하는 점이 있네," 박사가 계속 말을 이었다. "난 불쌍한 하이드에게 정말로 관심이 많다네. 자네가 그를 만났다는 것도 알고 있네. 그가 말해주었으니. 그가 무례하지 않았기 바라네. 하지만 정말 난 그 젊은이에게 너무 많은 관심을 쏟고 있다네. 만약 내가 없어지면, 어터슨, 자네가 그를 맡아서 권리를 찾아줄 것을 약조해 주면 좋겠어. 만약 모든 걸 알게 되면 그리 해줄 거라 믿네. 자네가 약조를 해준다면 난 한시름 덜 수 있을 것 같아."

"그자를 좋아하게 될 거라고 거짓 약조를 할 수 없네." 변호사가 말했다.

"그걸 부탁하는 게 아닐세," 지킬이 상대편의 팔에 손을 얹으며 부탁하듯 말했다. "그냥 공정하게 대해 주라는 걸세. 내가 여기 없을 때, 날 대신해 그를 도와달라고 부탁하는 걸세."

어터슨은 억누를 수 없는 한숨을 내쉬었다. "음, 약속하지" 그가 말했다.

커류 살인 사건

거의 일 년이 지난 18XX년 10월에, 유난히 잔인한 범죄로 런던이 들썩였고 그 희생자가 고위 인사였기 때문에 더욱 세간의 주목을 받았다. 상세한 내용은 얼마 안 됐지만 충격적이었다. 템스 강에서 그리 멀지 않은 집에 혼자 살고 있는 하녀가 11시경 잠자리에 들려고 위층으로 올라갔다. 자정이 지나면서 안개가 넘실거리며 도시를 자욱하게 뒤덮었지만, 초저녁에는 구름 한 점 없었고 하녀의 침실에서 내려다보는 골목길은 보름달이 환히 비추고 있었다. 그녀는 낭만적인 이야기에 끌린 듯 바로 창 아래 놓여있는 상자 위에 앉아 몽상의 나래를 펴고 있었다. 결코 그녀는 (그 경험을 이야기하면서 눈물을 줄줄 흘리며 말하곤 했는데) 이때처럼 세상 사람들과 편하게 느꼈던 적이 없고 세상을 더 좋게 생각본 적도 없었다. 그렇게 앉아 있다가 그녀는 나이가 지긋하고 흰 머리가 멋진 신사가 골목길을 따라 가까이 다가오는 것을 보게 되었다. 처음에는 별로 신경을 쓰지 않았지만 다른 키 작은 한 신사가 그를 향해 다가가는 것을 눈여겨보게 되었다. 그들이 서로 말을 주고받을 정도로 가까워졌을 때 (하녀가 바라보는 눈 바로 아래서) 그 나이 지긋한 신사는 머리를 숙이고 아주 예의바른 태도로 다른 신사에게 말을 걸었다. 그 신사의 얘기는 그리 중요한 얘기가 아닌 듯했다. 사

실 그의 손짓으로 보아, 단지 길을 물어보고 있는 것처럼 보였다. 하지만 그가 말하는 동안 달빛은 그의 얼굴을 비추었고 하녀가 보기에도 즐거운 모습이었다. 몸가짐이 순수하고 예의바른 친절함과 더불어 기품 있고 뭔가 타당한 자기만족감을 풍기는 것 같았다. 곧 그녀는 다른 신사에게 눈길을 주었고 일전에 그녀의 주인님을 찾아왔던 그녀가 혐오감을 느꼈던 하이드 씨 같다는 것을 알아차리고는 깜짝 놀랐다. 그는 손에 무거운 지팡이를 들고 만지작거리고 있었지만 한마디도 대꾸하지 않았고 제대로 조바심을 억누르지 못한 채 노신사의 말을 듣고만 있었다. 그때 별안간 그는 정말 불같이 화를 내며 발을 구르더니 지팡이를 마구 휘두르며 (하녀가 말한 대로라면) 미치광이처럼 굴기 시작했다. 나이든 신사는 아주 심하게 놀란 표정으로 약간 상처를 입고 한 발자국 뒤로 물러섰다. 그러자 하이드 씨는 터무니없이 버럭 소리를 지르며 노신사가 땅에 쓰러질 때까지 매질을 했다. 다음 순간 불한당처럼 분노하여 그 희생자를 마구 짓밟으며 뼈가 부서지는 소리가 들릴 정도로 마구잡이로 주먹을 휘둘렀고 노신사는 몸이 완전히 길가로 나가 떨어졌다. 이 광경과 소리에 소스라쳐 하녀는 기절하고 말았다.

그녀가 정신을 차리고 경찰을 불렀을 때는 이미 두 시였다. 그 살인자는 사라진지 오래였지만 여전히 그의 희생자는 믿을 수 없을 정도로 피범벅이 되어 골목길 한가운데 쓰러져있었다. 그를 때리는 데 쓰인 지팡이는 아주 보기 드물게 견고하고 단단한 목재로 만들어진 것이지만 무정할 정도로 잔인한 힘에 못 이겨 반 토막이 나있었다. 토막 난 한쪽은 길옆의 시궁창에 굴러 떨어져 있었고 다른 한쪽은 의심할 바 없이 살인자가 가지고 간 것 같았다. 지갑과 금시계는 여전히 희생자의 수중에 있었지만 명함이나 서류는 없었다. 다만 그가 우체통으로 가져가는 길이었던 날인과 우표가 붙은 봉투가 나왔고 그 봉투에는 어터슨 씨의 이름과 주소가 적혀 있었다.

이 봉투는 다음 날 아침 일어나기도 전에 변호사에게 전달되었다. 그는 봉투를 보고 상황 설명을 듣자마자 심각한 표정으로 입술을 깨물었다. "시신을 보기 전에는 아무 말도 할 수 없네. 이건 아주 심각한 일일 수도 있으니. 옷을 갖춰 입는 동안 기다려 주겠소." 그가 말했다. 그리고 여전히 심각한 표정을 지으며 아침을 서둘러 끝내고 시신이 옮겨진 경찰서로 달려갔다. 시신 보관소로 들어서기 무섭게 그는 고개를 끄덕였다.

"그렇소, 누군지 알아보겠소. 말하기 유감스럽게도 이 사람은 댄버즈 커류 경이오." 그가 말했다.

"나리, 세상에 그게 정말입니까?" 경관이 소리쳤다. 바로 다음 순간 그는 직업적인 야심으로 눈을 반짝였다. "한바탕 난리가 나겠군요," 그가 말했다. "저희가 범인을 잡을 수 있도록 변호사님께서 혹시 도와주실 수 있는지요." 경관은 하녀가 본 것을 간단히 설명하며 부러진 지팡이를 보여주었다.

어터슨 씨는 하이드라는 이름에 벌써 몸을 움찔거렸지만,

지팡이가 그의 눈앞에 놓였을 때, 그는 더 이상 의심할 여지가 없었다. 부러지고 망가졌지만 수년 전에 그가 직접 헨리 지킬에게 선물했던 지팡이란 걸 바로 알아보았다.

"하이드란 자가 키가 작은 작자인가요?" 그가 질문했다.
"유난히 체구가 작고 유별날 정도로 사악하게 생겼다고 하녀가 말했죠." 경관이 답했다.

어터슨 씨는 곰곰이 생각을 하더니, 고개를 들며 말했다.
"나와 함께 마차를 타고 갑시다. 내 그자의 집으로 데려다 주겠소."

이때는 이미 아침 아홉 시가 되었고, 처음으로 안개가 낀 날이었다. 커다란 초콜릿 색깔의 장막이 하늘을 낮게 드리웠지만, 바람이 계속 몰려와 맞서 싸우려는 수증기들을 내몰고 있었다. 그래서 마차가 이 길 저 길 기어갈 때 어터슨 씨는 신비스러울 정도로 다양한 색깔과 농담의 새벽빛을 볼 수 있었다. 이편은 저녁 끝 어스름처럼 어둡기도 하고 저편은 풍성하고 밝은 갈색의 광채로 어떤 대화재의 불길이 타오르는 것 같았다. 한순간, 여기에 안개가 완전히 걷히더니 초췌한 대낮의 빛줄기가 소용돌이치는 운무사이로 비집고 들어왔다. 명멸하는 빛 속에서 소호의 음침한 지역, 진흙 길과 칠칠치 못한 행인들, 그리고 결코 꺼지지도 않고 이토록 울적한 어둠의 침입과 맞서려고 새로 켜지지도 않는 가로등들이 변호사의 눈에는 마치 악몽 속의 어떤 도시의 한 지역같이 보였다. 게다가 마음속의 생각마

저 가장 음침한 색이었다. 마차의 동행인을 보니 때때로 아주 정직한 사람마저도 괴롭히는 법과 법을 집행하는 관료들이 주는 공포가 서려있음을 볼 수 있었다.

마차가 지시받은 주소지 앞에 다다랐을 때 안개가, 조금 걷혀 지저분한 길과, 싸구려 선술집, 나지막한 불란서 밥집과, 그리고 쥐꼬리 같은 소매점들과 싸구려 분식점들과, 문가에 매달려 있는 많은 남루한 아이들과 해장술이라도 하려고 손에 열쇠를 쥐고서 지나가는 수많은 나라의 여자들을 보여주더니, 곧 이어 안개는 그을린 진한 갈색으로 다시 내려와 악착스럽고 양심 없는 주위로부터 그를 떼어놓는 듯 했다. 바로 여기가 헨리 지킬의 총아가 사는 집이었다. 이십오만 파운드의 유산을 상속받을 그 작자의 집이었다.

상아빛 얼굴에 백발 노파가 문을 열어주었다. 그녀는 위선으로 서글서글한 척하지만 사악한 얼굴에 아주 예의를 깍듯이 차렸다. 예, 여기가 하이드 씨 댁입니다만 지금 집에 안 계신다고 그녀가 말했다. 지난 밤 그는 아주 늦게 들어와 한 시간도 안 되어 다시 나가셨지만, 이상할 것은 없다고. 워낙 거취가 불규칙하고 종종 집을 비우셔서, 예를 들어 어제까지 두 달 동안 그를 거의 본 적이 없다고 말했다.

"그럼 잘됐군요. 그의 방을 보고 싶은데요," 변호사가 말했고 노파가 절대 안 된다고 잘라 말하려 할 때 그는 덧붙여 말했다. "이분이 누군신지 밝혀야겠군. 런던 경시청의 뉴코멘 경위요."

밉살스레 반색하는 빛이 노파의 얼굴을 스치고 지나갔다. "아! 그분이 곤경에 처했군요. 무슨 짓을 저질렀나요?" 그녀가 말했다.

어터슨 씨와 경위는 서로 눈길을 주고받았다. "별로 사람들이 좋아하는 인물이 아닌가보죠," 경위가 말했다. "자, 아주머니, 저와 이 신사분이 한번 둘러볼 수 있게 해주시오."

그 노파가 없었다면 완전히 빈집으로, 전체 집에서 하이드 씨는 단지 방 두 개만 쓰고 있었는데, 방들은 호사스럽고 풍취 있는 가구들로 꾸며져 있었다. 벽장은 와인으로 가득 찼고 은식기에 우아한 식탁보로 꾸며져 있었다. 벽에는 (어터슨이 짐작컨대) 미술에 일가견이 있는 헨리 지킬이 선물한 훌륭한 그림이 걸려 있었고 양탄자도 여러 겹으로 온화한 색감이 돌았다. 하지만 이 순간에도 그 방들에는 최근에 누가 급하게 뒤진 흔적이 있었다. 주머니가 뒤집혀진 옷들이 바닥에 내팽개쳐 있었고 자물쇠가 달린 서랍장도 열려 있으며 벽난로에는 마치 많은 서류를 태운 듯이 잿더미가 한가득 쌓여있었다. 남은 잿더미에서 경위는 불길에 타지 않은 녹색 수표책 조각을 헤집어냈다. 부러진 지팡이 반쪽도 문 옆에서 찾을 수 있었다. 이렇게 의심이 굳어지자 경관은 만족스런 결과라 말했다. 은행을 방문하여 거기서 수천 파운드가 살인자의 계좌로 예치되어 있는 것을 발견했을 때 그의 기쁨은 극에 달했다.

"이 정도면 믿을 만하군요, 경위," 어터슨 씨가 말했다. "거의 다 잡은 거나 진배없죠. 그자가 정신이 나간 거지, 아니면 지팡이를 내버려 두고 수표책을 태우려 했겠어요. 음, 그자에겐 돈이 생명줄이죠. 우린 은행에서 그자를 기다리며 수배 전단을 뿌리기만 하면 되겠군요."

하지만 이 마지막 일은 쉬운 일이 아니었다. 하이드 씨를 아는 사람이 거의 없었는데 – 심지어 사건을 목격한 하녀의 주인도 그자를 겨우 두 번 보았을 뿐이다. 그의 가족도 어디서고 찾아볼 수 없었으며 그는 결코 사진을 찍어본 적도 없었다. 그를 묘사할 수 있는 몇 안 되는 사람들도 대부분의 목격자들이 그렇듯이 서로 말하는 게 너무 달랐다. 단지 한 가지만은 모두가 일치했는데, 그것은 도망자가 목격자들에게 강하게 인상을 남긴 뭐라 설명할 수 없을 정도로 떨쳐내기 힘든 기형의 느낌, 오직 그것뿐이었다.

편지 사건

어터슨 씨가 지킬 박사의 집을 향해 길을 들어선 때는 오후 늦게였고 바로 풀이 어터슨 씨를 맞이하여 아래로 내려가 부엌 사무실 옆을 지나 한때는 정원이었던 안뜰을 가로질러 무심하게 실험실 혹은 해부실로 흔히 알려진 건물로 그를 안내했다. 예전에 박사는 어떤 유명한 외과의사의 상속인으로부터 그 집을 사서, 자신의 취향이 해부보다는 화학 쪽에 있어, 정원 맨 아래 쪽에 있는 공간의 용도를 실험실로 변경하였다. 친구 집에서 변호사가 그곳으로 안내된 것은 처음이었다. 그는 창도 없이 우중충한 구조를 호기심 어린 눈으로 살펴보았다. 한때 열의에 찬 학생들로 들끓었지만 지금은 볼품없이 적막하게 쓰러져 있는 수술실을 지나갈 때, 낯섦에 역겨워하며 주변을 둘러보았다. 탁자들은 화학 기구들로 뒤덮여있었고 바닥에는 나무 상자들과 포장용 짚이 흐트러져 있었으며 뿌연 둥근 천장에서는 희미한 빛이 기어 들어오고 있었다. 좀 더 후미진 곳에는 층계가 붉은 융단으로 덮인 문으로 이어져있었다. 이 문을 지나 어터슨 씨는 마침내 박사의 밀실로 들어가게 되었다. 빙 둘러 유리 붙박이장이 들어선 아주 큰 방으로 다른 무엇보다도 전신 거울과 사무용 테이블이 갖추어져 있고 쇠창살이 쳐진 먼지 낀 세 개의 창에서 안뜰이 내려다보였다. 벽난로에는 불이 활활 타오르고 난로 선반에는 등이 하나 켜져 있었는데, 심지어 집 안까지 안개가 짙게 드리우기 시작해서다. 그곳에 따뜻한 자리 가까이에 지킬 박사가 죽을병이 든 것처럼 앉아 있었다. 손님을 맞으려고 일어서지도 않고 차가운 손만 내밀며 사뭇 변해버린 목소

리로 친구에게 환영 인사를 건넸다.

"자네도 이제 소문을 들었겠지?" 풀이 그들을 남겨두고 떠나자마자 어터슨 씨가 말했다.

박사는 몸서리를 치며 말했다. "사람들이 광장에서 울부짖고 있지. 나도 우리 집 식당에서 들었다네."

"한마디만 함세," 변호사가 말했다. "커류는 내 고객이었고 자네도 마찬가지네. 내가 뭘 해야 하는지 알고 싶을 뿐이네. 이 자를 숨겨줄 만큼 자네 정신이 나간 건 아니겠지?"

"어터슨, 하늘에 맹세코," 박사가 말했다. "맹세코 절대 그 자에게 다시는 눈길조차 주지 않겠네. 내 명예를 걸고 맹세하네만, 이 세상에서 그자와는 완전히 끝났네. 완전히 다 끝났네. 그자는 사실 내 도움을 원치 않네. 자넨 나만큼 그자를 알지 못하네. 그자는 안전하지, 상당히 안전하다네. 내 말을 새겨듣게. 다시는 그자에 대해 결코 아무것도 들을 일이 없을 걸세."

변호사는 침울하게 듣고 있었다. 그는 친구의 들뜬 태도가 못마땅했다. "아주 확신하고 있군," 그가 말했다. "자넬 위해서도 자네 말이 맞길 바라네. 재판을 하게 되면 자네 이름도 거론될 테니 말이야."

"난 그에 대해 분명히 자신이 있네," 지킬이 대답했다. "어느 누구에게도 밝힐 수 없지만 확신할 만한 근거가 있다네. 하지만 한 가지 자네 조언을 구할 게 있네. 내가 말일세. 내가 편지 한 장을 받았거든. 그런데 그걸 경찰에 보여 줘야 할지 말아야 할지 어찌할 바 모르겠네. 그걸 자네 손에 넘겨야 할 듯하네, 어터슨. 자네가 현명하게 판단해 주리라 믿네. 자넬 전적으로 믿고 있으니."

"생각건대, 그 편지가 그자를 찾는 단서가 될까 걱정을 하고 있는가?" 변호사가 물었다.

"아니네," 그가 말했다. "하이드가 어떻게 되든 난 상관없다고 말할 수 있네. 정말 그자와는 끝장이 났으니 말일세. 오히려 이 끔찍한 일로 드러나게 된 나 자신의 성격에 대해 염려할 뿐이네."

어터슨은 잠시 생각에 잠겼다. 그는 친구의 이기심에 놀라면서도 안도가 되었다. "음, 어디 편지를 보여주게" 그가 마침내 말했다.

그 편지는 묘하고 똑바른 글씨체로 쓰였고 '에드워드 하이드'라는 서명이 있었다. 간단히 그 편지는 은인인 지킬 박사에게 오랫동안 베풀어준 수많은 은혜에 충분한 신세를 갚지 못했지만, 자신은 안전을 위해 도망칠 아주 믿을 만한 방도가 있으니 염려 말라는 내용이었다. 변호사는 이 편지에 아주 흡족했다. 그가 생각했던 것보다 다행스럽게 그 관계가 별것 아닌 것 같았고, 그는 의심을 품었던 지난날의 자신을 비난했다.

"봉투가 있나?" 그가 물었다.

"내가 무슨 짓을 한 건지 미처 생각도 못한 채 그냥 태워버렸네," 지킬이 대답했다. "하지만 우편 소인이 없었지. 쪽지가 직접 사람을 시켜 전해진 것 같네."

"내가 편지를 갖고 가서 하룻밤 자며 곰곰이 생각해볼까 하는데?" 어터슨이 물었다.

"전적으로 자네가 알아서 해주길 바라네," 대답을 했다. "나도 나 자신을 믿지 못하겠으니."

"그럼, 내가 궁리를 해보겠네," 변호사가 대답했다. "그런데 한마디만 더. 유서에 자네가 실종될 경우에 대한 조항을 넣게 지시한 자가 바로 하이드인가?"

박사는 실신할 듯 현기증을 느끼는 것 같았다. 그는 입을 굳게 다물고 고개만 끄덕였다.

"내 그럴 줄 알았네." 어터슨이 말했다. "그자가 자넬 살해하려 한 거지. 때마침 잘 모면했네."

"난 생각보다 훨씬 더 많은 일을 겪었다네," 박사가 진지하게 대답했다. "좋은 교훈을 얻었지 – 오 세상에, 어터슨, 얼마나 대단한 교훈을 내가 얻었단 말인가!" 그리고 그는 잠시 양손으로 얼굴을 감쌌다.

밖으로 나가는 길에, 변호사는 걸음을 멈추고 풀과 한두 마디 말을 나누었다. "그건 그렇고, 오늘 편지가 한 통 전달되었다던데, 그걸 가져온 사람이 어떻게 생겼던가?" 그가 말했다. 하지만 풀은 우편으로 온 것 말고는 아무것도 없었고, "우편물도 단지 광고 전단뿐이었다"고 그가 덧붙여 말했다.

이 말에 변호사는 다시 두려움을 느끼며 길을 나섰다. 편지는 실험실 문으로 들어왔음이 분명했다. 아니, 사실, 그게 그 밀실에서 쓰였을 가능성도 있지. 그리고 만약 그렇다면, 그건 전혀 다르게 해석해야 하고 아주 조심스럽게 다루어야 하지. 그가 지나갈 때, 신문팔이 소년들이 길을 따라 목이 쉬도록 외쳐댔다. "호외요! 충격적인 국회의원 살해 사건이요!" 그것이 바로 친구이자 고객이었던 의원에 대한 추모사였다. 그는 또 다른 선량한 이름이 추문의 물살에 빨려 들어가지 않을까 하는 걱정을 잠재울 수 없었다. 누가 뭐래도 그가 내려야할 까다로운 결정임에 틀림없었다. 그는 보통은 자신을 믿는 편이지만, 누군가의 충고가 아쉬워졌다. 직접 조언을 얻지는 못하더라도 어쩌면 은근슬쩍 주워들을 수는 있지 않을까 생각했다.

얼마 후 그는 자기 방 벽난로 옆에서 수석 사무관인 게스트 씨를 마주하고 앉았다. 난로 불에서 아주 알맞게 계산된 거리에 앉은 그 둘 사이에는 오랫동안 지하실에서 볕을 보지 않고 보관해왔던 특별히 오래된 와인 한 병이 놓여있었다. 안개가 여전히 젖은 도시 위로 날개를 편 채 잠들어 있었고 가로등은 짙은 밝은 적색 빛을 발하고 있었다. 휘감으며 질식시킬 듯 낮게 드리운 구름을 뚫고 도시의 삶의 행렬은 거대한 바람과 같은 소리를 내며 도시의 대동맥을 따라 굽이치고 있었다. 하지만 방은 난로 불빛으로 아늑하였다. 와인 병에선 신맛이 오래 전에 날아갔다. 기품 있던 와인 색은 스테인드글라스의 유리색이 풍부해진 만큼 시간과 더불어 부드러워졌다. 언덕 기슭 포도밭에

쏟아졌던 가을 오후의 따가운 빛은 풀려나와 런던의 안개 속으로 퍼져나갈 찰나였다. 변호사도 서서히 누그러졌다. 그는 누구보다도 게스트와는 비밀을 갖고 싶지 않았다. 사실 그가 생각만큼 많은 비밀을 갖고 사는지조차 잘 모를 정도였다. 게스트는 일 때문에 박사 댁에 자주 갔었고 하인 풀도 알고 있었다. 그는 하이드 씨가 그 집과 친하다는 것도 들어서 모를 리 거의 없었다. 그는 결론을 낼 수도 있을 거야. 그가 편지를 보고 미스터리의 정체를 파악할 수 있다면 좋은 일 아닐까? 그리고 무엇보다 게스트는 필체를 연구한 사람이자 전문가로서 그 수순을 자연스럽고 당연한 것으로 여길 테니까? 게다가 이 사무관은 조언을 잘하는 사람이지. 이렇게 이상한 문서를 아무 말도 없이 읽을 리 없지. 그리고 그의 말에 따라 어터슨 씨는 추후의 방향을 구체적으로 결정할 수 있겠지.

"이건 댄버즈 경에 관한 슬픈 일이네." 그가 말했다.

"예, 그렇죠, 선생님. 대중의 여론을 상당히 일으키고 있지요." 게스트가 대꾸했다. "그 범인은 분명 미친 자일 겁니다."

"그 일에 대해 자네 견해를 듣고 싶은데," 어터슨이 대답했다. "여기 그의 필체로 된 서류를 하나 갖고 있네. 내 어찌할 바를 몰라 그러니 이건 우리끼리만 알아야할 일일세. 아무리 좋게 봐도 흉악한 일이지. 하지만 이걸 보게. 자네 전문이지. 살인자의 서명이라네."

게스트의 눈이 빛나더니 바로 앉아 열심히 살펴보기 시작했다. "선생님, 아닌데요," 그가 말했다. "그잔 미친 게 아니군요. 단지 이상한 필체인데요."

"어느 모로 보나 참 이상한 사람이지," 변호사가 덧붙였다.

바로 그때 하인이 쪽지 하나를 가지고 들어왔다.

사무관이 물었다. "선생님, 지킬 박사에게 온 건가요? 제가 그분 필체를 알거든요. 어터슨 선생님, 사적인 내용인가요?"

"그냥 저녁 초대장일세. 왜 그런가? 보고 싶은가?"

"잠시만요. 고마워요, 선생님." 그리고 사무관은 두 장의 종이를 나란히 내려놓고 꼼꼼하게 그 내용을 비교했다. "고마워요, 선생님," 마침내 그가 편지 두 장을 다 돌려주며 말했다. "아주 흥미로운 서명이군요."

잠깐의 침묵이 있었고 그 사이 어터슨 씨는 속으로 괴로워했다. "게스트, 그것들을 왜 비교한 건가?" 그가 갑자기 물었다.

"저, 선생님, 서로 독특하게 비슷한 점이 있는데요," 사무관이 대답했다. "두 필체가 여러 면에서 동일합니다. 단지 기울기가 다르지만요."

"정말 특이하군," 어터슨이 말했다.

"말씀대로 특이하죠," 게스트가 대답했다.

"알겠지만 난 이 편지에 대해 말하고 싶지 않네," 변호사가 말했다.

"그러시겠죠, 선생님, 이해합니다," 사무관이 말했다.

하지만 그날 밤 어터슨 씨는 혼자 있게 되자마자 편지를 금고에 넣고 잠갔고, 그때부터 편지는 계속 조용히 묻혀있었다. "맙소사! 헨리 지킬이 살인자를 위해 꾸며낸 거라니!" 그는 생각했다. 그의 피가 혈관을 타고 차갑게 흘렀다.

레이넌 박사의 특이한 사건

시간은 계속 흘러갔다. 댄버스 경의 죽음은 공공의 해악으로 분노를 일으켰기에 수천 파운드의 현상금이 걸리게 되었다. 하지만 하이드 씨는 마치 전혀 존재하지 않았던 것처럼 경찰의 수사망에서 사라져버렸다. 그의 과거도 별로 파헤쳐진 것이 없고 그나마도 있는 것도 다 형편없는 것들이었다. 그자의 냉혹하면서도 거친 잔혹함에 대한 이야기와 그의 고약한 생활과 이상한 친구들과 그의 경력을 둘러 싼 반감 등 여러 이야기가 나돌았지만 현재 소재에 대해서는 소곤대는 소리조차 없었다. 살인이 있던 날 아침 소호에 있는 집을 떠난 이후로 그는 완전히 지워져버렸다. 점차 시간이 지나면서 어터슨 씨는 경악스러운 흥분 상태로부터 회복하여 스스로 평온을 되찾기 시작했다. 그의 사고방식에 따르면, 댄버스 경의 죽음에 대해 하이드 씨의 실종이라는 필요 이상의 대가가 치러진 것이었다. 사악한 영향이 사라졌으니까 지킬 박사에게도 새로운 삶이 찾아왔다. 그는 은둔 생활을 털고 친구들과 새로이 관계를 맺고 다시 한 번 친한 손님이자 흥겨운 주인이 되었다. 한동안 자선활동으로 잘 알려졌었다면 이제는 신실함으로 그에 못지않은 두각을 나타냈다. 바쁘게 지내고 바깥 공기도 많이 쐬며 좋은 일을 하였고 그의 얼굴도 마치 내면으로부터 봉사의 뜻을 지닌 듯 환하고 밝아졌다. 두 달이 넘게 박사는 평온하게 지냈다.

1월 8일 어터슨은 몇몇 친구들과 지킬 박사 집에서 저녁 식사를 했다. 레이넌도 그 자리에 있었다. 주인장도 옛날 세 명이 헤어질 수 없는 친한 시절처럼 두 친구의 얼굴을 차례로 바라보았다. 그런데 12일과 그리고 다시 14일에도 그 집의 문은 변호사에게 굳게 닫혀있었다. "박사님은 집에 틀어박혀서 아무도 만나려 하질 않아요." 풀이 말했다. 15일에 다시 찾아 갔지만 역시 거절당했다. 지난 두 달 동안 거의 매일같이 친구를 만나 익숙해진 터라 어터슨은 지킬이 다시 독거 상태로 되돌아 간 것을 생각하니 심하게 풀이 죽었다. 닷새째 되는 밤 그는 저녁 식사를 하려고 게스트를 불러들였고 엿새째 되는 날에는 손수 레이넌 박사의 집을 찾아 갔다.

적어도 그곳에서 그는 문전박대를 당하지는 않았다. 하지만 안으로 들어갔을 때, 변해버린 박사의 모습을 보고 깜짝 놀랐다. 그의 얼굴에는 저승사자의 그림자가 분명히 드리워져 있었다. 혈색 좋던 사람이 창백해졌고 살도 빠져 쳐졌다. 눈에 띄게 머리가 벗겨졌고 더 늙어 보였다. 하지만 변호사의 눈을 사로잡은 것은 단순히 급변한 신체의 쇠락이 아니라 뭔가 깊이 뿌리박힌 정신적인 공포를 드러내는 시선과 태도였다. 박사가 죽음을 두려워할 것 같지는 않았지만 어터슨은 그럴 거라는 의심을 떨치기 힘들었다. '그래,' 그는 생각했다. '그는 의사고, 그는 틀림없이 자신의 상태를 알고 살날이 얼마 안 남았다는 걸 알아서 그런 게지. 안다는 게 더욱 참을 수 없는 거겠지.' 하지만 어터슨이 그의 안색이 좋지 않다고 언급하자 엄청나게 단호한 태도로 레이년은 자신이 저주받은 인간이라고 확언했다.

"난 정말 충격을 받았다네," 그가 말했다. "그리고 결코 헤어나지 못할 거야. 그저 몇 주 남았을 뿐이네. 음, 인생은 유쾌했고 나도 그 삶을 즐겼지. 그래, 좋아했었지. 간혹 우리가 모든 것을 알게 되면 이 세상을 훨씬 더 기쁘게 벗어날 수 있을 거라 생각했지."

"지킬도 아프다네," 어터슨이 살펴보며 말했다. "그를 본 적이 있나?"

하지만 레이년의 표정이 변하더니 떨리는 손을 들어올렸다. "더 이상 지킬 박사에 대한 어떤 것도 듣고 보고 싶지 않네," 그는 크지만 흔들리는 목소리로 말했다. "그 친구하고는 완전히 끝났네. 죽은 거로 치부해버리고 싶은 자니 그에 대한 어떤 언급도 내게 삼가주길 부탁하네."

"쯧쯧," 어터슨 씨가 말했다. 그런 다음 한참 뜸을 들인 후

물었다. "내가 도울 게 없나? 레이넌, 우리 셋은 오랜 친구가 아닌가. 다른 친구를 사귈 만큼 살지도 못할 거고."

"할 수 있는 게 아무것도 없네. 그에게 직접 물어보게," 레이넌이 대꾸했다.

"그는 날 만나려하질 않네," 변호사가 말했다.

"전혀 놀랄 일도 아니지," 대답을 했다. "어터슨, 언젠가 내가 죽고 난 뒤에 어쩌면 자네도 이 일의 옳고 그름을 알게 되겠지. 난 자네에게 말해줄 수 없네. 그러니 지금 당장은, 자네가 나와 앉아 다른 얘길 하려거든 머물러 그리 해주고, 만약 이 저주스런 얘기에서 벗어날 수 없다면 제발 그냥 가주게. 난 견딜 수가 없으니 말일세."

집에 도착하자마자 어터슨은 앉아서, 지킬에게 집에서 만나주질 않는 걸 불평하며 이렇게 불편하게 레이넌과 깨진 이유를 묻는 편지를 썼다. 다음 날 그에게 여러 군데 애절한 말이 나오고, 때로 음침한 수수께끼처럼 휘갈겨 쓴 대목이 있는 긴 답장이 왔다. 레이넌과의 불화는 어쩔 수 없는 거라 했다. "내 오랜 친구를 탓할 수 없네," 지킬은 썼다. "하지만 우리가 결코 만나서는 안 된다는 그의 생각에 동감일세. 이 순간부터 난 전적으로 격리된 삶을 살 작정이네. 우리 집 문이 자네에게조차 자주 굳게 닫혀 있다고 해서 놀라지도 말고 우리 우정을 의심하지도 말게. 나만의 어두운 길을 가는 걸 그냥 참아주게. 내 스스로 뭐라 말할 수 없는 위험과 벌을 자초한 걸세. 나야말로 죄인 중의 죄인이고, 수난자 중의 수난자일세. 이토록 인간을 무력하게 만드는 고통과 공포가 들어설 자리가 이 세상에는 없을걸세. 어터슨, 자네가 이 숙명의 짐을 덜어주기 위해 해줄 일은 한 가지뿐이네. 그건 바로 내 침묵을 존중해주는 걸세." 어터슨은 어안이 벙벙했다. 하이드의 어두운 영향력이 사라졌고 박사는 옛날 업무와 친우들에게로 돌아갔는데. 일주일 전만해도 유쾌하고 명예롭게 나이 들 것을 기대하며 밝게 웃던 미래가 있었는데, 이제 한순간에 우정과 마음의 평온과 전반적인 삶의 분위기가 산산 조각났다. 전혀 준비되지 않은 이 엄청난 변화는 광기로 치닫는 것 같았는데, 레이넌의 말과 태도를 보면 틀림없이 뭔가 더 근본적인 이유가 있었다.

일주일 후에 레이넌 박사는 몸져누웠고 채 보름도 지나지 않아 세상을 떠났다. 장례식을 치른 날 밤 완전히 슬픔에 젖어 어터슨은 사무실 문을 잠그고 서글픈 촛불 옆에 앉아 그의 소중한 친구가 쓰고 봉인한 봉투를 꺼내 놓았다. "친전: 오직 J. G. 어터슨 본인에게 그리고 그가 먼저 사망할 시 봉인된 채 폐기 할 것," 이렇게 강조하여 수취인 란에 적혀있었다. 변호사는 그 내용을 보기가 두려웠다. "오늘 난 친구를 땅에 묻고 왔는데," 그는 생각했다. "이 편지가 또 한 명의 친구를 앗아가면 어떻게 하지?" 그리고 그는 자신의 두려움을 친구에 대한 배신이라 비난하며 봉투를 뜯었다. 그 안에는 봉인된 또 다른 봉투가 있었고 곁에는 "헨리 지킬 박사의 사망 혹은 실종 시까지 개

봉 금지"라고 적혀 있었다. 어터슨은 자신의 눈을 믿을 수 없었다. 그래, 실종 얘기군. 또 여기서, 오래 전에 장본인에게 되돌려준 그 정신 나간 유서에서처럼, 여기서도 또 실종 얘기가 나오고 헨리 지킬의 이름이 언급되어 있군. 하지만 그 유서에서는 하이드란 자에 대한 흉악한 암시 때문에 그 얘기가 나온 거였고, 너무 분명하고 끔찍한 목적 때문에 그 유서에 명시되었던 거였지. 그런데 레이넌이 손수 쓴 이 말은 무엇을 뜻하는 걸까? 신탁자인 어터슨에게 금기 사항을 무시한 채 즉시 비밀의 저 끝까지 파고들어갈 정도로 엄청난 궁금증이 밀려왔다. 하지만 그의 직업 상 명예와 사망한 친구에 대한 신의는 반드시 지켜야할 의무사항이었고, 결국 그 편지 뭉치는 개인 금고의 가장 깊숙한 구석에 고이 잠들게 되었다.

호기심을 억누르는 것과 그것을 완전히 극복하는 것은 별개이다. 그날부터 어터슨이 살아있는 친구 지킬과 예전처럼 열렬하게 어울리고 싶었는지에 대해서는 미심쩍은 구석이 있다. 그에 대해 좋게 생각은 하지만 그의 생각은 평정을 잃었고 두려움으로 가득 찼다. 그는 진짜로 찾아 갔지만 아마도 거절당하고 나서 오히려 안도감을 느꼈을 수 있다. 아마도 속마음으로는, 스스로를 감금하고 있는 그 집으로 들어가 도저히 이해 불가능한 은둔자와 얘기를 나누는 것보다는 시원한 도시의 바람과 소리에 휩싸여 문 앞에서 하인 풀과 얘기를 하는 게 더 나았다. 사실 풀은 전해줄 만한 유쾌한 소식이 전혀 없었다. 지금 박사는 어느 때보다 더, 심지어 간혹 잠을 자려 할 때조차도 실험실 위의 밀실에 갇혀 지내는 것 같았다. 완전히 풀이 죽어서 말수가 없어지고 책조차 읽지 않았고, 뭔가 골똘히 마음에 품고 있는 것 같았다. 어터슨은 전혀 변화라고는 없는 보고들 그 내용에 익숙해져서, 그 집을 방문하는 횟수가 조금씩 뜸해졌다.

창문에서 본 사건

 정말 우연이었다. 일요일에 어터슨 씨가 엔필드 씨와 평소처럼 산책을 하다가, 다시 한 번 그 뒷골목으로 발길을 돌리게 된 건. 더불어 그 문 앞에 다다랐을 때 둘 다 멈추어 서서 그 문을 물끄러미 바라본 것도 정말 우연이었다.
 "음," 엔필드가 말했다. "적어도 그 소문은 결말이 난 거겠지. 하이드를 두 번 다시 볼 일은 없겠지."
 "없을 걸세," 어터슨이 말했다. "한 번 그자를 봤는데, 나도 자네처럼 혐오감을 느꼈단 말을 했던가?"
 "그를 보면 그런 기분을 느끼지 않을 수 없다네," 엔필드가 대답했다. "그런데 이 집이 지킬 박사님의 댁으로 이어지는 뒷길이란 걸 몰랐으니 자네가 나를 얼마나 멍청하다고 생각했을까! 심지어 그걸 알게 된 때도 내가 그 사실을 알아낸 것은, 부분적으로 자네 결점 때문일세."

"그래 자네도 알아차린 건가, 그런가?" 어터슨이 말했다. "이왕 이렇게 된 거라면, 우리 안뜰로 들어가 창문을 들여다봐도 되겠지. 자네에게 솔직히 말해, 난 불쌍한 지킬이 염려스럽다네. 심지어 밖에서나마 친구가 찾아온 걸 보면 그에게 도움이 될 것 같거든."

안뜰은 아주 시원하고 약간은 축축했으며, 비록 해질녘 높이 솟은 하늘이 여전히 환했지만, 안뜰은 평소보다 이른 어스름한 황혼 빛으로 가득했다. 세 개의 창문 중 가운데 창이 반쯤 열려 있었다. 창문 바로 옆에 앉아 한없이 슬픈 자세로, 마치 수심에 잠긴 죄인처럼 공기를 들이쉬고 있는 지킬 박사를 어터슨이 보았다.

"이봐! 지킬!" 그가 소리쳤다. "몸이 좀 나아졌나 보군."

"어터슨, 아주 안 좋은 상태라네," 박사는 시큰둥하게 대답했다. "아주 안 좋아. 다행히 이것도 오래가지는 않을 걸세."

"너무 오래 집안에만 머물러있으니 그렇지," 변호사가 말했다. "외출 좀 하게나. 엔필드와 나처럼 바깥바람도 쐬고 말이야. (여긴 내 사촌 엔필드네 – 지킬 박사고.) 자 이리 나와 보게. 모자를 쓰고 얼른 우리와 한 바퀴 돌자고."

"자넨 참 좋은 친구야," 상대방이 한숨 쉬며 말했다. "나도 그러고 싶네만, 아닐세, 아니, 안 되네. 그럴 수가 없네. 감히 그렇게는 못하겠네. 하지만, 어터슨, 정말로 자네를 보니 반갑기 그지없군. 정말 기분 좋은 일일세. 자네와 엔필드 씨에게 들어오라고 하고 싶지만 집안 꼴이 완전히 엉망이라서 말이야."

"그럼," 변호사는 호탕하게 말했다. "우리가 여기 아래 머무르면서 그냥 이대로 자네와 얘길 나누는 게 할 수 있는 최선책이겠군."

"나도 자네에게 제안하려던 게 바로 그걸세," 박사가 싱긋 웃으며 말했다. 하지만 그 말을 거의 말하기도 전에 박사의 얼굴에선 완전히 웃음이 가시더니 아주 비참한 공포와 절망의 표정이 떠올랐고, 아래 있던 두 신사는 피마저 얼어붙는 것 같았다. 창문이 바로 닫혀버렸기 때문에, 그 표정을 본 건 한순간 일이었다. 하지만 짧은 순간으로도 충분했다. 그들은 몸을 돌려 아무 말도 없이 안뜰을 떠났다. 침묵 속에서 여전히 그들은 골목길을 가로 질러 갔고, 심지어 일요일인데도 여전히 삶이 활발하게 움직이는 이웃한 큰길로 들어서서야 어터슨 씨는 돌아서서 옆 사람을 바라보았다. 둘 다 얼굴이 창백했고 그들의 눈에는 서로 대답하듯 공포심이 자리 잡고 있었다.

"하느님 우리를 용서하소서! 용서하소서!" 어터슨 씨가 말했다.

하지만 엔필드 씨는 아주 심각하게 고개만 끄덕일 뿐, 다시 한 번 침묵을 지키며 계속 발걸음을 옮겼다.

마지막 밤

어느 날 저녁 식사 후 어터슨 씨는 난로 옆에 앉아 있다가 하인 풀의 방문을 받고 깜짝 놀랐다.

"세상에, 풀, 무슨 일로 여기까지 왔나?" 변호사는 소리치며 그를 다시 한 번 바라보았다. "뭐가 그리 괴로운가?" 그는 덧붙여 말했다. "박사님이 아프신가?"

"어터슨 씨, 뭔가 문제가 있습니다." 그가 말했다.

"일단 자리에 앉게. 여기 포도주 한 잔 들게나," 변호사가 말했다. "자, 숨 좀 돌리고 찬찬히 하고 싶은 말이 뭔지 분명히 얘기해 보게."

"선생님도 박사님이 어떤 상태신지 아시죠," 풀이 대답했다. "얼마나 혼자 집 안에 갇혀 지내시는지. 저, 다시 밀실에만 틀어박혀 지내십니다. 전 그게 마음에 걸립니다, 선생님 - 조금이라도 죽는 게 좋다면 전 차라리 죽고 말겠어요. 어터슨 변호사님, 전 두렵습니다."

"자, 이보게나, 좀 알아듣게 분명히 말해주게나. 뭐가 두렵다는 건가?" 변호사가 말했다.

"한 일주일동안 걱정을 했습죠," 풀은 꿋꿋하게 질문을 무시하며 말했다. "이제 더 이상 참을 수가 없어요."

그의 표정은 그 말을 분명히 증명하고도 남았다. 그의 태도마저 더 볼썽사납게 바뀌어갔고, 처음 그가 무섭다고 말하던 그 짧은 순간만 빼고, 변호사의 얼굴조차 한 번도 바로 쳐다보지 못했다. 심지어 그 순간에도 입도 대지 않은 와인 잔을 무릎 위에 올려놓고 눈은 마룻바닥 구석을 보고 있었다. "더 이상 견딜 수가 없어요," 그는 같은 말을 되풀이했다.

"자, 풀, 내 보기에 자네가 충분히 그럴만한 이유가 있겠지. 뭔가 단단히 잘못된 게 있는 것 같군. 내게 무슨 일인지 한 번 말 좀 해보게." 변호사가 말했다.

"제 생각엔 흉악한 일이 벌어진 것 같아요," 풀이 쉰 소리로 말했다.

"흉악한 일이라!" 변호사가 소리쳤고, 상당히 놀랐지만 그 때문에 약간 짜증이 나는 것 같았다. "무슨 흉악한 짓이란 말인가? 도대체 그가 무슨 일을 저질렀단 말인가?"

"감히 말씀드리지 못하겠어요, 선생님," 대답이 그랬다. "하지만 저와 같이 가서 직접 보시겠어요."

어터슨 씨의 대답은 바로 일어서 모자와 두툼한 외투를 걸치는 거였다. 그리고 그는 집사의 얼굴에 상당한 안도의 빛이 떠오르고, 마찬가지로 따라나서려고 와인 술잔은 내려놓고 와인엔 전혀 입도 대지 않을 걸 의아하게 바라보았다.

계절에 맞게 거칠고 추운 삼월 밤, 창백한 달이 마치 바람에 기울어진 듯 누워있고 투명하고 아스라한 느낌의 천이 떠다니는 듯한 어느 날 밤이었다. 바람이 불어서 얘기를 나누기도 힘들었고 얼굴이 붉게 달아올랐다. 더불어 거리에는 매서운 바람으로 흔치않게 사람들의 자취마저 없었다. 런던의 그 지역이 이렇게 황량했던 적을 어터슨 씨는 한 번도 본 적이 없는 것 같았다. 다른 때 같았으면 바라던 모습이었을 것이다. 그는 살면서 한 번도 이토록 같은 생명체를 가슴이 저미도록 보고 만지고 싶었던 적이 없었다. 아무리 애를 써도 파괴적인 재앙이 일어날 것 같은 예감이 마음속에 계속 들었다. 그들이 광장에 도착했을 때, 그곳은 바람과 먼지로 가득하고 정원의 앙상한 나무들은 세차게 울타리에 부딪히고 있었다. 줄곧 한두 걸음 앞서 가던 풀은 이제 인도 한가운데서 멈추더니 에일 듯한 날씨에도 불구하고 모자를 벗어 붉은 손수건으로 이마를 훔쳤다. 그러나 아무리 서둘러서 왔다 해도 닦아낸 이마의 땀은 고된 일로 인한 땀방울이 아니라 숨을 조여 오는 고통의 한기였다. 그의 얼굴은 하얗게 질렸고 말할 때조차 목소리마저 거칠게 갈라진 소리가 났다.

"저, 선생님, 다 왔습니다. 하느님 부디 잘못되는 일이 없도록 해주소서!" 그가 말했다.

"아멘, 풀," 변호사가 말했다.

그러자 그 하인은 아주 조심스런 태도로 문을 두드렸다. 사슬이 걸린 채 문이 열렸고 안에서 한 목소리가 들려왔다. "풀 집사님이세요?"

"괜찮네. 어서 문을 열게," 풀이 말했다.

안에 들어서니, 복도는 환하게 불이 켜져 있고 난로에서도 불이 활활 타오르고 있었는데, 벽난로 주변에는 남녀 할 것 없이 하인들이 모두 다 한 떼의 양들처럼 서로 부둥켜안고 서 있었다. 어터슨 씨를 본 한 하녀는 발작하듯 훌쩍거렸고 요리사는 "하느님 감사합니다! 어터슨 선생님이군요"를 외치며 마치 와락 껴안을 듯이 달려왔다.

"아, 이게 뭔가? 모두들 여기서 뭐하는 건가?" 변호사는 까칠하게 말했다. "정말 별난 일이고 꼴사납군. 자네 주인이 좋아할 리 없을 텐데."

"다들 겁을 먹어서 그래요," 풀이 말했다.

어느 누구도 부인하지 않았고, 휑뎅그렁한 침묵만 뒤따랐다. 다만 하녀가 목소리를 더 높여 엉엉 울 뿐이었다.

"그만 울고!" 풀이 신경에 거슬린다는 듯이 사나운 말투로 그녀에게 외쳤다. 사실 그 소녀가 갑자기 애절하게 울음소리를 높이자, 모두들 다 놀라 겁에 질린 표정으로 몸을 돌려 안쪽 문을 쳐다보았다. "자, 이제," 집사가 허드렛일 시동을 보면서 말을 이었다. "촛불을 가져오너라. 우리가 손수 곧바로 이 문제를 처리할 테니." 그러고 나서 그는 어터슨 씨에게 따라오라고 청하며 뒷마당으로 길을 안내했다.

"자, 선생님, 가능한 한 소리 나지 않게 살살 오세요. 선생님이 안에서 나는 소리를 들으시고 안에서는 선생님의 기척을 듣지 못해야 하니까요. 선생님, 염두에 두실 것은, 만에 하나 그분이 들어오라고 부탁을 해도 들어가시면 안 됩니다."

이 예상치 못한 마지막 말에 어터슨 씨는 신경이 갑자기 곤두서서 거의 균형을 잃고 쓰러질 뻔했다. 하지만 용기를 다시 내어 집사를 따라 연구실 건물로 들어갔고, 병과 상자가 어지럽게 쌓여있는 수술실을 지나 계단 아래에 다다랐다. 여기서 풀은 그에게 한쪽에 서서 잘 들어보라는 손짓을 했다. 그도 직접 촛불을 내려놓고 분명히 마음을 단단히 다잡고 계단을 올라가 붉은 베이즈천이 덮인 밀실 문을 소심하게 두드렸다.

"박사님, 어터슨 선생님이 뵙고자 하십니다." 그가 외쳤다. 심지어 말을 하면서도 한 번 더 격렬하게 변호사에게 귀를 잘 기울이라고 손짓을 했다.

안에서 한 목소리가 대답했다. "어느 누구도 만날 수 없다고 전하여라." 불평하듯이 말했다.

"고맙습니다, 박사님," 뭔지 모를 승리에 찬 목소리로 풀은 말했다. 그는 촛불을 들더니, 다시 뜰을 지나 불은 꺼지고 딱정벌레들이 뛰어다니는 큰 부엌으로 어터슨을 데리고 갔다.

"선생님, 저희 주인님의 목소리 같았습니까?" 그가 어터슨의 눈을 똑바로 보며 말했다.

"많이 변한 것 같더군," 변호사는 아주 창백해졌지만 응수를 하듯 마주 보며 대답했다.

"변했다고요? 어, 그렇죠, 저도 그리 생각합죠," 집사가 말했다. "이 집에 이십 년이나 일한 제가 그자의 목소리에 속을 리 없지요? 아니, 선생님, 주인님이 당하신 거죠. 여드레 전, 주인님이 하느님을 찾아 울부짖는 걸 저희가 들었던 그때 피살당한 거죠. 제가 하느님께 묻고 싶은 말은 주인님 대신 저 안에 누가 있는 거고, 왜 거기 머무느냐는 것입니다, 어터슨 씨!"

"풀, 아주 이상한 얘기군. 정말 어처구니없는 얘길세, 이 사람아," 어터슨은 손톱을 깨물며 말했다. "자네가 생각하는 대로라고 가정해보세. 지킬 박사가, 어 ― 그러니까 피살됐다고 가정하면, 무슨 까닭에 그 살인자가 계속 거기에 머무르는 건가? 그건 아귀가 맞지 않네. 전혀 이치에 맞지 않네."

"어, 어터슨 씨, 선생님은 정말 쉽사리 납득시킬 수 없는 분이시지만 그래도 제가 한 번 시도해보죠," 풀이 말했다. "지난주 내내 (변호사님도 아시겠지만) 저 자, 아니 그놈, 아니 저 밀실에 머무는 게 뭐든, 밤낮으로 뭔가 약 같은 걸 찾아 울부짖었지만 성에 찰 만큼 구하질 못했죠. 가끔 종이에 지시사항을 써서 층계에 던지는 게 그의 ― 즉, 주인님의 ― 방법이었죠. 이번 주 내내 다른 건 하나도 받질 못했어요. 종이쪽지 말고는 없었죠. 그리고 닫힌 문과 아무도 보지 않을 때 몰래 가지고 들어가게 거기 놓아둔 식사 말곤 없었죠. 저, 선생님, 매일, 예, 하루에도 두세 번, 지시와 불평이 이어졌고, 전 시내의 모든 도매 약품상으로 분주하게 돌아다녔죠. 제가 찾은 물건을 가져다 드리면, 그건 불순물이 섞여 있으니 다시 되돌려 주라고 쓰인 쪽지와 다른 약품상에 다시 주문을 넣으라는 지시가 있었을 뿐이죠. 무슨 이유에서인지 그 약을 간절히 찾고 있었어요."

"그 종이를 하나라도 갖고 있나?" 어터슨이 물었다.

풀은 주머니를 만지작거리더니 구겨진 쪽지를 건네주었고 그걸 변호사는 촛불 가까이 다가가 몸을 숙이고 자세히 살펴보았다. 그 내용은 이랬다. "지킬 박사는 모씨 형제에게 감사를 전합니다. 그분이 확언하시길 지난 번 시약은 불순해서 박사님의 현재 필요로 하는 용도에 별 쓸모가 없다고 하십니다. 18XX년에, 지킬 박사는 모 형제로부터 그 시약을 대량으로 구입한 적이 있습니다. 현재 그분은 그분들께 최대한 공들여 그 시약을 찾아주실 것을 간청합니다. 그리고 동일 품질이 조금이라도 남아 있다면, 즉시 박사님께 전달해 주실 것을 부탁합니다. 비용은 전혀 문제가 되지 않습니다. 이 일이 지킬 박사님에게 얼마나 중요한지는 이루 말로 표현할 수가 없습니다." 여기까지 편지는 아주 차분하게 흘러갔지만 갑자기 잉크가 여기저기 튀면서 필자의 감정이 흐트러졌다. "젠장," 그가 덧붙여 썼다. "그 옛날 걸 찾아오란 말이오."

"이상한 쪽지군," 어터슨이 말했다. 그리곤 날카롭게 물었다. "어찌 이 편지가 개봉된 건가?"

"모 약재상의 사람이 엄청 화가 나서 제게 마치 더러운 물건인 양 던져 버렸지요," 풀이 대답했다.

"이건 틀림없이 박사의 필체라는 걸 자네도 알지?" 변호사가 되받았다.

"그렇게 생겨먹었다고 생각했습죠," 하인은 다소 뚱하게 말했다. 그러고 곧 말투를 바꾸어, "쓴 필체가 무슨 상관이에요," 그가 말했다. "제가 두 눈으로 그자를 본 걸요!"

"그자를 봤다고?" 어터슨이 되풀이했다. "그런가?"

"그렇습죠!" 풀이 말했다. "일이 이렇게 된 거에요. 제가 정원에서 불쑥 수술실로 들어갔습죠. 그분이 약이든 다른 거든 뭔가를 찾으러 잠깐 나왔던 것 같아요. 밀실 문이 열려 있었거든요. 그 방 한쪽 구석에서 상자들을 뒤지고 있었죠. 제가 들어가자 고개를 쳐들고 올려다보더니 비명을 지르며 순식간에 밀실 위층으로 사라져버렸죠. 제가 그자를 본 건 단지 한순간이었지만 제 머리카락이 완전히 새털처럼 쭈뼛 곤두서더군요. 선생님, 그자가 제 주인님이라면 왜 얼굴에 복면을 썼을까요? 만약 제 주인님이라면 왜 쥐새끼처럼 울부짖으며 도망갔을까요? 저는 상당히 오랫동안 주인님을 모셔왔습죠. 그런데…" 그는 말을 잇지 못하고 얼굴 위로 손을 가져갔다.

"정말 이상하기 그지없는 상황이군," 어터슨 씨는 말했다. "그래도 이제 서광이 비추기 시작하는 것 같은데. 풀, 자네 주인님은 고통을 겪는 동시에 몸이 변하는 일종의 병에 걸린 게 분명하군. 내가 아는 바로는 그 때문에 목소리도 변한 거고 복면도 쓰고 친구들도 멀리한 거지. 그래서 이 약을 간절히 찾고 있는 거지. 이 불쌍한 영혼이 궁극적으로 회복할 수 있는 일말의 희망을 지닌 방법이니까 – 하느님 그가 잘못 알고 있는 게 아니길! 이게 내 해석이고 아주 슬픈 일이군, 풀, 그래 생각하자니 끔찍하기도 하고. 하지만 간단하고 자연스러우며 아귀가 잘 맞아 떨어지는 설명이고, 우리 모두를 터무니없는 경악에서 벗어나도록 해주지."

"선생님," 집사가 얼굴이 붉으락푸르락 해지더니 말을 이었다. "저 물건은 제 주인님이 아닙니다. 그리고 그건 분명한 사실이죠. 제 주인님은" – 여기서 그는 주위를 둘러보더니 속삭이기 시작했다 – "키가 크고 건장한 사람인데, 이 작자는 난장이에 가깝죠." 어터슨은 반대하려 했다. "오우, 선생님!" 풀이 외쳤다. "이십 년을 모시고도 제가 주인님을 모른다고 생각하세요? 제 인생에서 매일 아침 뵈었던 주인님이 밀실 문 어디쯤으로 고개를 내미는지 제가 모른다고 생각하세요? 아니죠, 선생님, 복면을 쓴 저 물건은 결코 지킬 박사님이 아닙니다. 하느님만이 그자가 무언지 아실 테지만, 절대 지킬 박사님은 아닙니다. 제 마음속으로 믿는 바는 분명 살인이 저질러졌다는 거죠."

"풀," 변호사가 대답했다. "만약 자네가 그렇게까지 말한다면 확인을 해보는 게 내 도리겠지. 결코 자네 주인의 감정도 상하게 하고 싶지도 않고, 그가 아직도 살아있다는 증거로 보이는 이 쪽지 때문에 아주 헛갈리지만 저 문을 부수고 들어가는 게 내가 할 일인 것 같군."

"아, 어터슨 씨, 이제야 말이 통하는군요!" 집사가 외쳤다.

"그런데 이제 두 번째 문제가 생겼네," 어터슨이 말을 이었다. "누가 저 문을 부수지?"

"그거야 저와 선생님이죠," 그가 굴하지 않고 대답했다.

"말 한 번 잘했네," 변호사가 되받아쳤다. "무슨 일이 일어나든, 내 분명히 자네가 틀리지 않았다는 걸 확인하는 게 바로 내가 할 몫이지."

"수술실에 도끼가 있어요," 풀이 계속 말했다. "선생님도 직접 부엌에서 부지깽이를 들고와도 되고요."

변호사는 그 투박하고 무거운 도구를 손에 들고 몸을 가누었다. "풀, 자네와 내가 위험한 상황에 처할 수도 있다는 걸 잘 알고 있지?" 그가 올려다보며 말했다.

"선생님, 물론이고 말고요," 집사가 응수했다.

"그럼 우리가 솔직해지는 게 좋겠군," 상대가 말했다. "우리 둘 다 말한 것보다 더 많은 생각을 품고 있지. 서로 솔직히 맘을 털어놓아 보세. 자네가 보았다는 그 복면을 쓴 작자가 누군지 알아보았나?"

"어, 선생님, 그게 너무 빨리 움직인 데다, 그 작자가 완전히 몸이 구부정해서 알아봤다고 장담하긴 힘든데요," 대답을 했다. "하지만 선생님이 의도한 게, 그놈이 하이드냐는 건가요? - 그럼, 맞습니다. 전 그자라고 생각합니다. 아시다시피, 거의 크기가 비슷했거든요. 몸을 제게 움직이는 것도 똑같고요. 그런데다 다른 누가 도대체 연구실 문을 열고 들어갈 수 있었겠습니까? 그 살인 사건이 있던 날 그자는 여전히 열쇠를 갖고 있었던 걸 선생님도 잊지 않으셨겠죠. 하지만 그게 전부가 아니죠. 어터슨 선생님, 이 하이드란 자를 본 적이 있는지 모르지만요?"

"본 적 있네," 변호사가 말했다. "한 번 그자와 말을 나눴지."

"그럼 우리 모두처럼 그 신사는 뭔가 별난 구석이 있다는 걸 선생님도 잘 아시겠지요. 사람들을 움찔하게 만드는 그런 거요. 딱히 이 이상 뭐라 말하기 힘들군요. 뼛속까지 오한과 피가 가시는 그런 걸 선생님도 느끼셨죠."

"자네가 말하는 걸 솔직히 느꼈었지," 어터슨이 고백했다.

"정말 그렇습죠, 선생님," 풀이 대답했다. "저, 원숭이처럼 복면을 쓴 작자가 화학 약품들 사이에서 튀어나와 밀실로 쏜살같이 들어갈 때, 전 등골이 오싹해졌죠. 저, 어터슨 선생님, 그게 증거가 안 된단 걸 잘 알아요. 그 정도는 저도 책을 읽어 알고 있습죠. 하지만 사람이란 직감이 있잖아요. 성경에 손을 얹고 그자가 하이드라는 걸 맹세해요!"

"그렇지, 그래," 변호사가 말했다. "내 두려운 것도 바로 그 점이라네. 그렇게 연관 짓는 게 악에 근거한 거지만 - 물론 머지않아 악이란 말을 쓸 수밖에 없는 상황이지. 그래, 솔직히 난 자넬 믿네. 불쌍한 해리가 살해되었다고 믿네. 그 살인범이 (목적이 뭔지 하느님만이 말씀해 주실 수 있겠지만) 그 희생자의 방에 아직도 숨어있다는 것도 믿네. 자, 이제 우리 복수의 화신이 되어보세. 브래드쇼우를 부르게."

급사가 명을 듣고 왔는데 하얗게 질려 떨고 있었다.

"마음을 단단히 다잡고, 브래드쇼우," 변호사가 말했다. "이 상황이 자네들 모두에게 으스스한 걸 나도 아네. 하지만 우리의 목적은 이걸 끝장내는 걸세. 여기, 풀과 내가 강제로 밀실로 들어갈 거네. 모든 게 괜찮으면, 내 그 모든 비난을 책임질 준비가 되어있네. 그동안 어느 것도 하나 잘못되지 않고 어떤 나쁜 놈도 뒤로 도망치지 못하도록 자네와 저 아이가 든든한 몽둥이를 하나씩 들고 모퉁이를 돌아가 연구실 문을 지키고 서 있게. 자리를 잡을 수 있도록 십 분을 주겠네."

브래드쇼우가 떠나자 변호사는 자기 시계를 보았다. "자, 풀, 이제 우리도 자리를 잡아보세," 그가 말했다. 겨드랑이에 부지깽이를 끼고 그는 안마당으로 앞장 서 갔다. 구름이 달을 가려서 아주 어두워졌다. 건물 깊은 안쪽으로 획획 파고드는 바람은 그들이 수술실 안으로 들어설 때까지 계단 주위에서 촛불을 이리 저리 흔들어 댔다. 수술실에서 그들은 조용히 앉아 기다렸다. 주위에서 온통 런던이 장엄하게 우우웅 거렸다. 하지만 손이 닿을만한 가까이에서는 밀실 바닥을 따라 이리 저리 움직이는 발자국 소리만이 고요함을 깨뜨릴 뿐이었다.

"선생님, 저놈은 하루 종일 서성대며 다닌답니다." 풀이 속삭였다. "네, 한밤중에도 저러지요. 단지 약제사로부터 새 시약이 왔을 때만 잠시 쉴 뿐이죠. 아, 휴식의 그토록 지독한 적은 바로 양심의 가책이죠! 아, 선생님, 그자가 발자국을 뗄 때마다 끔찍하게 피가 뚝뚝 떨어지죠. 하지만 다시 들어보세요, 좀 더 가까이서요 - 어터슨 씨, 온 정신을 귀에 담아 들어보시고, 제게 말 좀 해주세요. 저게 박사님의 발자국 소리인가요?"

발자국 소리는 아주 천천히 지나갔고 가볍게 좌우로 흔들리는 듯 엇박자였다. 헨리 지킬의 육중하고 마루가 삐걱대는 터벅거림과는 완전히 달랐다. 어터슨은 한숨을 내쉬었다. "다른 일은 없었나?" 그가 물었다.

풀이 끄덕였다. "한 번." 그가 말했다. "딱 한 번 그놈이 우는 소릴 들은 적이 있지요!"

"운다고? 어찌 그런 일이?" 변호사가 갑작스런 공포의 전율을 느끼며 말했다.

"마치 여인네나 혹은 길 잃은 혼령처럼 흐느꼈죠," 집사가 말했다. "결국 제 마음도 싱숭생숭해지는 기분이 들어 저 또한 울 것 같았어요."

이제 십 분이 거의 다 되었다. 풀은 포장 지푸라기 더미에서 도끼를 꺼내 들었다. 그들이 문을 부술 때 환히 잘 비추도록 촛불을 가장 가까운 테이블에 올려놓았다. 두 사람은 숨을 죽이고 밤의 고요 속에서 끈덕지게 발소리가 서성거리는 곳으로 다가갔다.

"지킬," 어터슨이 큰 소리로 외쳤다. "당장 자네를 만나야겠네." 그는 잠시 말을 멈추고 기다렸지만 아무런 대답도 없었다. "자네에게 충분히 경고했네. 우리의 의심이 자꾸 커져서 내 꼭 자네를 만나보고야 말겠네," 그가 다시 말했다. "정당한 방법으로 안 된다면 볼썽사나운 방법을 써서라도 – 자네가 못마땅하게 생각하더라도, 완력을 써서라도 들어가 만나야겠네!"

"어터슨," 그 목소리가 말했다. "제발 자비심을 베풀어주게!"

"아, 저건 지킬 박사의 목소리가 아니네 – 하이드의 목소리야!" 어터슨이 외쳤다. "문을 부수게, 풀!"

풀은 도끼를 어깨 위로 크게 휘두르자 그 타격으로 건물이 흔들렸다. 붉은 레이즈 문이 자물쇠와 경첩에도 불구하고 덜커덕거렸다. 순전히 짐승의 공포처럼 절망에 차 울부짖는 소리가 밀실에서 들려왔다. 풀이 도끼를 다시 들어 올렸고, 다시 문 널빤지가 갈라지며 불꽃이 튀어나왔다. 네 번에 걸쳐 가격이 이뤄졌지만 나무는 단단했고 경첩도 워낙 기술자가 단단히 박아놓아 꿈쩍 안 했다. 다섯 번째 도끼질에 드디어 자물쇠가 산산 조각으로 박살났고 파손된 문이 안쪽으로 카펫 위에 나자빠졌다.

자신들의 폭력과 뒤 따라온 고요함에 경악하며 그 공격자 풀과 어터슨은 뒤로 움찔 물러서며 안을 들여다보았다. 조용한

등불 아래 밀실이 그들 눈앞에 고요하게 펼쳐있었다. 장작불이 붉게 타오르며 벽난로에서 타다닥 소리를 내고 주전자는 물 끓는 소리를 내며 씩씩거렸고, 서랍은 한두 개가 열려 있었고 서류들은 사무용 책상 위에 가지런히 정돈되어 있었으며 난로 옆에는 찻잔 세트가 차려져 있었다. 세상에서 제일 조용한 방이라고 당신은 말했을 수 있을 터였다. 또한 화학 물질들로 가득한 유리 압착기들이 없었다면 런던에서 그날 밤 가장 흔하디흔한 방이라 할 수 있을 터였다.

바로 방 한가운데에 고통스럽게 뒤틀리고 여전히 움찔거리는 남자의 몸뚱이가 엎어져있었다. 그들은 까치발로 가까이 다가가 그 사내의 몸을 똑바로 눕히고 얼굴을 보았다. 에드워드 하이드였다. 그에게 아주 큰 옷, 즉 박사의 덩치에 맞는 옷을 걸치고 있었고, 얼굴의 근육은 살아 있는 듯 여전이 꿈틀거렸지만 숨은 거의 다 끊어진 상태였다. 손에 들린 깨진 약병과 공기 중에 떠도는 심한 인 냄새로 어터슨은 스스로 자신의 목숨을 끊은 자의 시신을 보고 있음을 알아차렸다.

"구하기에도, 벌을 주기에도 우리가 너무 늦게 왔군," 그가 단호하게 말했다. "하이드는 스스로 심판을 받으러 갔군. 이제 우리는 자네 주인의 시신을 찾는 일만 남았군."

그 건물의 대부분은 수술실이 차지했고 거의 아래층 전체를 채우고 있었으며, 위쪽으로부터 빛이 들어오도록 되어 있었다. 밀실은 위층 한쪽 구석을 차지하고 있어 뒤뜰을 내려다보고 있었다. 복도가 수술실과 뒷골목의 문을 연결하고, 밀실은 두 번째 층계참에서 복도와 따로 통해 있었다. 그 외에 몇 개의 어두 침침한 벽장과 넓은 창고가 하나 있었다. 그들은 이 모든 곳을 찬찬히 살펴보았다. 벽장은 그냥 한번 훑어보면 되었다. 왜냐 하면 그곳은 거의 비어있었고 문에서 떨어지는 먼지를 볼 때, 오랫동안 열려본 적이 없었던 것 같았다. 사실 창고에는 지킬 박사의 전 주인이었던 외과의사 때부터 싸놓은 나무들이 정신 없이 어질러져 있었다. 심지어 그들이 문을 열었을 때조차도 오랜 세월 입구를 뒤덮었던 거미줄 더미가 떨어지며 더 이상 살펴볼 필요 없다는 걸 분명히 알려 주었다. 죽었든 살았든 헨리 지킬의 흔적을 어디서도 찾아볼 수 없었다.

풀은 복도에 깔린 넓은 돌판에 발을 굴렀다. "주인님은 여기 묻혔을 거예요." 그가 그 소리에 귀를 기울이며 말했다.

"아니면 그는 도망갔을 수도 있지," 어터슨이 말하며 돌아서서 뒷골목으로 난 문을 조사했다. 문은 잠겨있었다. 그들은 넓은 돌판 가까이에 떨어져 있는 이미 녹슬어 얼룩진 열쇠를 발견했다.

"이건 오랫동안 사용한 적이 없는 것 같은데," 변호사가 말했다.

"사용이라니요!" 풀이 되풀이했다. "열쇠가 망가진 게 안 보이세요, 선생님? 오히려 어떤 자가 발로 마구 짓밟은 것 같은데요."

"그렇군," 어터슨이 이어 말했다. "그리고 금이 간 곳도 녹이 슬었군." 두 남자는 서로 겁에 질려 쳐다보았다. "풀, 이해할 수 없는 일이군." 변호사가 말했다. "밀실로 다시 들어가 보세."

그들은 조용히 층계를 올라갔고 여전히 간헐적으로 공포에 사로잡혀 시신을 훔쳐보며 밀실의 내용물들을 보다 꼼꼼하게 조사하기 시작했다. 한 탁자에 화학 작업의 흔적이 있었고 다양하게 무게를 달아놓은 흰 소금이 유리 접시 위에 놓여있었는데, 마치 불쌍한 그자가 끝내 이루지 못한 실험을 위한 것 같았다.

"그건 제가 가져다 드린 바로 그 약품이랑 똑같은데요," 풀이 말했다. 마침 그가 말할 때 주전자에서 놀라운 소음이 나며 물이 끓어 넘쳤다.

이 소리를 들은 두 사람은 난롯가로 갔는데, 그곳에는 의자가 아늑하게 모여 있고 손을 뻗으면 닿을 거리에 차 세트가 차려져 있었으며 설탕도 컵에 이미 넣어져 있었다. 책꽂이에는 책이 몇 권 꽂혀 있었고 한 권은 차 세트 옆에 펼쳐져 있었다. 그 책은 지킬 박사가 상당히 존중하며 우러르던 신학 책으로, 깜짝 놀랄만한 신성 모독적인 말을 손수 주석으로 달아 놓은 것을 보고 어터슨은 상당히 놀랐다.

이어서, 방을 다시 살펴보다가 조사자 풀과 어터슨은 전신 거울이 놓여 있는 곳으로 갔고 어찌할 수 없는 공포를 느끼며 거울을 깊숙이 들여다보았다. 하지만 거울은 위로 향해져 있어 천장에 흔들리는 불그레한 불빛과 압착기의 유리 표면에 수 백 개로 겹치며 반짝이는 불빛과 몸을 구부리고 들여다보는 그 두 사람의 창백하고 두려움에 가득 찬 얼굴만을 비출 뿐이었다.

"이 거울은 이상한 일들을 모두 보았겠지요, 변호사님," 풀이 속삭이듯 말했다.

"오히려 거울 자체가 더 이상한걸," 변호사도 마찬가지로 낮은 소리로 되받았다. "왜냐하면 지킬이 했던 게" - 그는 섬뜩 놀라며 말을 잇지 못하다가, 다시 자신의 나약함을 극복하며 말했다. "대체 이걸 가지고 지킬은 뭘 하려던 거였지?"

"그러게 말입니다요," 풀이 말했다.

다음으로 그들은 사무용 책상으로 향했다. 깔끔하게 서류가 정리된 책상 위에, 큼직한 봉투가 가장 맨 위에 있었고, 박사의 필체로 어터슨의 이름이 쓰여 있었다. 변호사가 봉투를 뜯자 동봉되었던 몇 가지 물건들이 바닥으로 떨어졌다. 첫 번째 것은 육 개월 전에 그가 되돌려 보낸 것과 동일한 기이한 조항이 들어있는 유서로, 사망 시에는 유언장으로 그리고 실종 시에는 증여문서로 쓰일 서류였다. 하지만 에드워드 하이드라는 이름 대신에, 변호사는 말로 형언할 수 없이 놀랍게도 가브리엘 존 어터슨이란 자신의 이름을 발견하였다. 그는 풀을 바라보고는 다시 그 유서로 눈을 돌렸고 마지막으로 양탄자 위에 뻗어있는 죽은 악인의 시신을 쳐다보았다.

"머리가 빙빙 돌 것 같군," 그가 말했단. "이 작자는 요즘 줄

곧 뭔가에 홀려있었지. 나를 좋아할 만한 이유도 하나 없고, 자기 이름이 빠진 걸 보고 분명 화가 났을 텐데. 그런데도 이 자는 서류를 없애지 않았단 말이야."

그는 다음 서류를 집어 들었다. 그건 박사의 필체로 된 짧은 쪽지로 날짜가 맨 위에 쓰여 있었다. "오, 풀!" 변호사는 외쳤다. "오늘 낮까지도 박사는 살아서 여기 있었네. 그렇게 짧은 순간에 그를 해쳐 처리할 수 없었을 테니, 분명 박사는 아직도 살아서 도망친 게 틀림없어! 그런데, 왜 달아났을까? 그리고 어떻게 빠져나갔을까? 그런 경우라면 우리가 감히 이 일을 자살이라고 단정 지어 말할 수 있을까? 아, 아주 신중하게 대처해야 하네. 내 예측에, 우리가 자네 주인님을 끔찍한 위험에 빠지게 할 수도 있거든."

"선생님, 왜 그 쪽지를 왜 읽어보지 않으시는 겁니까?" 풀이 물었다.

"겁이 나기 때문일세," 변호사가 진지하게 말했다. "하느님 겁낼 필요가 없길 바라옵니다!" 그 말이 끝나자 그는 눈에 서류를 바싹 대고 읽기 시작했는데, 다음과 같은 내용이었다.

"친애하는 어터슨 – 이것이 자네 수중에 들어갔을 땐, 난 사라지고 없을 걸세. 어떤 경우라도 미래를 뚫어볼 힘을 가지진 못했지만, 내 본능과 내가 처한 말할 수 없는 많은 상황들이 모두 종말이 분명히 다가 왔으며 머지않아 닥쳐올 것이라 말하고 있네. 그러니 집에 가서 레이넌의 편지를 읽어보게. 그는 내게 그 편지를 자네의 손에 넘기겠다고 내게 경고했었지. 그런데도 만약 더 듣고 싶은 게 있다면, 자네의 쓸데없고 불행한 친구의 고백을 보게.

헨리 지킬"

"세 번째로 동봉된 편지가 있는가?" 어터슨이 물었다.

"여기 있습니다, 변호사님," 풀이 말하며, 여러 군데가 봉인된 제법 두툼한 봉투를 그에게 건네주었다.

변호사는 그걸 주머니에 넣었다. "나는 이 서류에 대해서는 어떤 말도 하지 않겠네. 만약 자네 주인이 도망간 거거나 죽은 거라면, 적어도 우린 그의 명예를 지켜줘야 하네. 지금이 열 시니까. 난 집에 가서 조용히 이 서류들을 살펴봐야겠군. 하지만 자정 전에 다시 돌아와서 그때 경찰을 부르겠네."

그들은 수술실 밖으로 나와 문을 잠갔다. 어터슨은 다시 한 번 복도의 난롯가에 모여 있는 하인들을 남겨둔 채 이제 이 기묘한 사건을 풀어줄 두 통의 편지를 읽기 위해 자신의 사무실로 터벅터벅 걸어갔다.

레이넌 박사의 이야기

지금으로부터 나흘 전인 일월 구일, 나는 야간 배달 편으로 내 동료이자 옛 동창인 헨리 지킬의 필체로 주소가 쓰인 등기 우편을 받았다네. 봉투를 받고 나는 적잖이 놀랐네. 왜냐하면 우리는 서로 편지를 주고받는 사이는 아니었거든. 게다가 바로 전날 밤에 나는 그 친구를 만나서 저녁 식사를 같이 한 터였기에, 우리가 대화 중에 혹시 격식을 차려 등기 우편으로 보낼만한 일이 있었는지 나는 지레짐작조차 할 수 없었다네. 편지의 내용도 내 놀라움을 가중시키기에 충분했네. 편지는 이런 내용이었지.

"18XX년 12월 10일

"친애하는 레이넌 – 자넨 내 가장 오랜 친구일세. 과학적인 문제에서 간혹 우리가 뜻을 달리했을 수 있지만 적어도 내 쪽에서는 우리의 우정에 금이 갈 만한 것을 한 걸 전혀 기억할 수 없네. 아무 때고라도 자네가 내게 와서 '지킬, 내 생명과 명예와 이성이 그대에게 달려있네' 하고 말한다면, 자네를 돕기 위해 난 내 전 재산과 내 팔이라도 바칠 수 있다네. 레이넌, 내 생명과 명예와 내 이성이 자네의 뜻에 달려있네. 오늘 자네가 내 말을 들어주지 못한다면, 난 완전히 끝이라네. 서두를 이렇게 시작하니까 자넨 내가 뭔가 불명예스러운 일이라도 해달라고 부탁하려는 것으로 생각하겠지. 판단은 자네 스스로에게 맡기겠네.

"오늘 밤은 모든 다른 약속은 미뤄주길 바라네. 설령 황제의 친소로 소환을 받는다 해도 말일세. 자네의 마차가 실제로 문 앞에 대기 중이 아니라면, 승합 마차를 불러 타고, 안내서 삼아 이 편지를 챙겨 들고서 곧바로 우리 집으로 달려와 주게. 내 집사인 풀도 지시를 받았으니, 그가 자물쇠공과 함께 자네가 도착하길 기다리고 있을 거네. 내 밀실의 문을 강제로 따고 나서, 혼자서 안으로 들어가 주게. 왼쪽 편의 유리 벽장(E가 쓰여 있네)을 열고, 만약 잠겨 있으면 부셔서라도 열어주게. 그리고 위에서 네 번째 서랍, 아니면 (같은 말이지만) 밑에서 세 번째 서랍 안에 있는 모든 내용물을 있는 그대로 꺼내 주게. 내가 지금 극도로 괴로운 상태라서, 행여 내가 자네에게 잘못 지시하는 것은 아닌가하는 병적인 걱정이 드네. 만약 내가 잘못 말했더라도 그 내용물을 보면 맞는 서랍인지 바로 알 수 있을 걸세. 약간의 가루와, 약병과 종이 책이 들어있을 거네. 이 서랍을 통째로 그대로 들어내어 캐븐디쉬 광장의 자네 집으로 직접 자네가 가지고 돌아가 주길 부탁하네.

"여기까지가 자네가 첫 번째로 해줄 일이네. 이제 두 번째로 해줄 일일세. 만약 자네가 이 편지를 받는 즉시 출발한다면, 자정이 되기 전에 집으로 되돌아 갈 수 있을 거네. 하지만 자네에게 좀 더 여유를 주겠네. 불가피한 상황이나 예기치 못한 장애가 생길까 우려되기도 하고 또한 자네 하인들이 잠자리에 든 후가 두 번째 일을 하기에 더 적당하기 때문일세. 그리고 나서, 자정에 상담실에 꼭 자네 혼자 있어주길 부탁하네. 내 이름을 대면서 자신을 소개하는 사람이 오면 집으로 자네가 손수 들여 주게나. 그리고 내 밀실에서 꺼내온 서랍을 그 사람에게 건네주게. 그러면 자네 역할은 다 끝난 거고, 난 정말로 고마워할 걸세. 나중에, 자네가 설명을 요구한다면, 5분 만에 자네는 이 사안이 사활이 걸린 것임을 이해하게 될 걸세. 비록 기상천외하게 보이지만 자네가 한 가지라도 소홀히 한다면 내 죽음이나 이성의 파괴에 대해 양심의 가책을 받게 될 걸세.

"이 청을 가벼이 여기지 않을 것이라 확신하지만, 그럴 가능성에 대한 극히 미미한 생각만으로도 내 가슴은 무너지고 내 손은 떨린다네. 이 시간, 낯선 곳에서, 어떤 상상력으로도 과장할 수 없는 칠흑 같은 번민 속에서 몸부림치는 나를 생각하여, 자네가 정말 제대로만 도와준다면 내 고통은 지금 말한 이야기처럼 녹아 없어질 거라는 걸 잘 염두에 두게. 사랑하는 레이넌 나를 도와주게, 나를 구해주게.

"자네 친구,

ㅎ. ㅈ.

"추신; 이 편지를 봉인하려니, 불현 듯 새로운 공포가 내 영혼을 내려치는 군. 우체국에서 일이 잘못되어서 이 편지가 내일 아침까지 자네 손에 들어가지 못할 가능성이 있지. 레이넌, 그런 경우 낮 동안 가장 편리한 시간에 내 부탁을 들어주게. 한 번 더 자정에 내가 보낼 심부름꾼을 기다려 주게. 그때는 이미 너무 늦었을 수도 있지. 그리고 내일 밤 아무 일없이 지나간다면, 자네가 바로 헨리 지킬의 최후를 보았다는 걸 알게 될 걸세."

이 편지를 읽으면서 나는 이 친구가 제정신이 아니라고 확신했네. 하지만 그게 의심의 여지없이 완전히 증명될 때까지, 나는 그가 요구한 대로 해줘야만 할 것 같았네. 이 어처구니없는 일을 이해하지 못할수록 그 일의 중요성을 판단하기 더 힘든 상황에 처하게 되었지. 그렇게 간절한 부탁을 진지한 책임감 없이 그냥 모른 체할 수도 없었고. 응당 나는 자리에서 일어나 이인승 이륜마차를 타고 지킬 박사의 집으로 곧바로 달려갔지. 집사가 내가 도착하길 기다리고 있었네. 그도 나와 마찬가지로 지시 사항이 적힌 등기 우편을 같은 시간에 받고 바로 열쇠공과 목수를 부르러 사람을 보냈더군. 우리가 얘기를 하고 있는 동안 그 일꾼들이 도착했고 우리는 (자네도 틀림없이 잘 알고 있듯이) 지킬의 개인 연구실로 가장 수월하게 들어갈 수 있는 전 주인인 덴만 박사의 수술실로 무리지어 들어갔다네. 그 문은 아주 굳게 닫혀있었고 자물쇠도 엄청났어. 목수는 문을 열기 상당히 힘들어 억지로 열면 문이 완전히 파손될 거라고 장담했다네. 열쇠공은 거의 절망 상태였지. 하지만 그는 솜씨가 좋은 자라 두 시간 동안 애를 쓴 후 문을 활짝 열어 제켰지. E자 표시가 있는 유리장은 잠겨있지 않았어. 난 서랍을 빼내서, 짚으로 가득 채우게 한 뒤 보자기로 묶어 캐븐디쉬 광장의 내 집으로 가지고 돌아왔네.

집에서 나는 내용물을 살펴보기 시작했네. 그 가루는 아주 곱게 빻았지만 약제사의 솜씨에는 못 미쳤지. 그래서 지킬이 직접 그것을 만들었다는 것을 분명히 알 수 있었네. 포장된 것들 중 하나를 열었을 때 나는 흰 색의 단순한 소금 결정체 같은 것을 발견했다네. 다음으로 내가 관심을 기울인 약병은 핏빛 붉은 액체로 반쯤 채워졌는데, 후각을 심하게 찌르는 냄새가 나는 걸 보니 인과 휘발성 에테르를 함유하고 있는 것 같았어. 다른 재료에 대해서는 전혀 알 수가 없었지. 책은 그냥 평범한 기록서로 일련의 날짜를 제외하곤 거의 아무것도 없었다네. 이 날짜들은 몇 년에 해당되는 거였지만 거의 일 년 전에 별안간 기록이 끝난 것을 알아차렸지. 여기 저기 간략한 언급이 날짜에 첨가되어 있었는데 그것들은 대개 한 단어로 되어 있었다네. 거의 수백 개에 달하는 기록 중에 "두 배"란 단어가 여섯 번 정도 나온 것 같고, 한 번은 목록의 아주 앞에 날짜에 몇 개의 느낌표가 쳐진 "완전 실패!!!"라는 말이 있었다네. 비록 내 호기심을 자극했지만 이 모든 말들은 거의 어떤 구체적인 것도 말해주지 않았어. 엷은 색의 약병이 있고 소금 봉지가 있고 일련의 실험 기록이 있지만 (지킬의 많은 실험들처럼) 어떤 실용적인 목적에 연결된 것은 아니었지. 내 집에 있는 이 물건들의 존재가 어떻게 곤란에 처한 내 동료의 명예와 생명과 정신 상태에 영향을 미칠 수 있을까? 그의 심부름꾼이 이곳에 올 수 있다면 다른 곳에는 왜 못 가는 걸까? 몇 가지 장애를 인정한다 해도, 내가 왜 그 사람을 비밀리에 맞이해야 하는 걸까? 곰곰이 생각할수록 나는 정신 나간 사례를 다루게 될 거라는 확신만 강해졌지. 그리고 하인들을 모두 잠자리에 들게 했기에 내 스스로를 방어해야할 상황에 빠질 수 있어 난 오래된 권총을 장전해 두었다네.

열두 시 종이 런던의 하늘 위에서 울리기 시작하자마자 문에서 노크 소리가 아주 조용히 들려왔지. 내가 직접 나가 문을 열어주었고 현관 기둥에 기대어 웅크리고 있는 한 작은 남자를 발견했다네.

"지킬 박사가 보낸 사람인가요?" 내가 물었네.

그는 '예'라고 아주 위축된 몸짓으로 말했지. 들어오라고 청했을 때 그는 어두운 광장을 살펴보는 듯 곁눈질로 돌아보고서야 나를 따라 들어왔지. 커다란 각등을 켜고 그리 멀지 않은 곳에서 경찰이 다가오고 있었다네. 내 보기에 그 모습을 보고 그 사람은 놀라서 급하게 서둘러 들어왔지.

솔직히 말해 이 유별난 점들이 맘에 들지 않았다네. 밝게 불이 켜진 진찰실로 그를 따라 들어갈 때, 난 무기를 손에 쥐고 쏠 준비가 되어있을 정도였지. 마침내 이제야 나는 그자를 똑똑히 볼 기회를 가졌다네. 전에 그자를 본 적이 없었어, 그것만은 분명하다네. 말했다시피 그는 체구가 작았지. 게다가 엄청난 근육의 움직임과 분명히 쇠약해진 체구가 묘하게 섞여 있고, 그리고 – 마지막으로 하지만 중요하게 – 주변에 신경을 써서 생긴 이상하게 주관적인 불안이 역력히 드러나는 그의 얼굴 표정에 나는 깜짝 놀랐다네. 초기 근육 경색과 유사한 표정으로 눈에 띄는 맥박 쇠약을 수반했다네. 그때 난 그걸 독특한 개인적인 혐오감으로 치부해 버렸고 단순히 증상의 극심함에 놀랐을 뿐이었다네. 하지만 그 후로 병인이 인간 본성의 훨씬 더 깊은 곳에 놓여있으며 단순한 혐오감보다는 뭔가 더 고귀한 측면에서 그 원인을 찾으려 했다네.

이 자는 (처음 들어 온 순간부터 단지 역겨운 호기심이라 말할 수밖에 없는 그런 거로 나에게 충격을 주었는데) 보통 사람들이 비웃을 그런 옷을 입었지. 말하자면 그의 옷은 비싸고 괜찮은 재질이지만 모든 면에서 치수가 너무 컸는데 - 다리에서 흘러내리는 바지는 땅에 닿지 않게 접혀있었고 외투의 허리는 엉덩이 아래까지 내려왔고 옷깃도 어깨 위로 넓게 늘어져 있었다네. 이상한 말이지만 이 우스꽝스러운 복장에도 불구하고 나는 전혀 웃을 수 없었다네. 오히려 나를 마주보고 있는 그 존재의 진정한 본질 속에 비정상적이고 잘못 생겨난 뭔가 있는 것처럼 - 눈길을 끌고, 놀라우며 역겨운 뭔가 있는 것처럼 - 이 신선한 불일치는 그의 행색과 맞아 떨어지며 그의 분위기를 더 강조하는 것 같았지. 그래서인지 그자의 본성과 성격에 대한 관심뿐만 아니라 그의 태생과 인생살이, 세상에서 신분과 재산에 대한 호기심이 생겨났다네.

이렇게 설명하느라 상당한 시간이 들었지만 이 관찰은 몇 초 만에 이루어진 일이었다네. 내 손님은 정말로 음침한 흥분으로 안절부절 못했다네.

"가지고 왔나?" 그가 외쳤지. "가지고 왔나?" 너무 격하게 초조해져서 그는 손으로 내 팔을 잡고 나를 흔들려고 했다네.

그의 손길에 뭔가 모를 얼음 같은 통증이 내 핏줄을 타고 흐르는 걸 느껴 나는 그를 밀쳐냈다네. "이보게, 아직 난 자네와 통성명도 하지 못했다는 걸 자넨 잊고 있나 보군. 우선 자리에 앉게나." 본보기를 보여주듯 내가 먼저 늘 앉는 자리에 앉으며, 이렇게 늦은 시간에 집에서, 나의 뇌리를 사로잡고 있는 일과 그자에게 느끼는 두려움에도 불구하고 취할 수 있는 한 평범하게 환자를 대하는 태도를 취했다네.

"레이넌 박사님, 정말 송구합니다." 그가 아주 공손하게 대답했다. "그렇게 말씀하시는 게 당연하죠. 제가 너무 조급하다 보니 체면이라곤 전혀 차리지 못했군요. 전 당신의 동료, 헨리 지킬과 관련하여 꽤 중요한 용건으로 여기 왔습니다. 제가 알기로는……" 그는 잠시 멈추더니 목을 손으로 감쌌다네. 그의 침착한 태도에도 불구하고 닥쳐오는 히스테리를 막으려고 씨름하고 있다는 걸 알아차렸지. "제가 알기로는, 서랍이……"

하지만 이때 나는 불안해하는 내 손님이 안쓰럽고, 점점 호기심이 늘어가는 나 자신도 불쌍하게 느껴졌지.

"저기 있다오, 선생," 내가 아직도 탁자 뒤쪽에 보자기로 덮인 채 마루 위에 놓여있는 서랍을 가리키며 말했다네.

그는 벌떡 일어나다가, 잠시 멈추더니 가슴에 손을 얹더군. 턱이 발작적으로 움직이면서 그의 이가 갈리는 소리를 들을 수 있었지. 그의 얼굴은 보기에도 너무 창백해져서 나는 그의 생명과 이성이 염려되기 시작했다네.

"진정하게," 내가 말했지.

그는 내게 무시무시한 미소를 던지더니, 절망에 찬 결정을 내리듯이 보자기를 잡아 뜯더군. 내용물을 보자 그는 엄청난 안도로 너무 요란하게 흐느껴서 나는 망연자실 앉아있을 수밖에 없었다네. 바로 다음 상당히 잘 조절된 목소리로 그가 물었지. "계량컵을 갖고 계신가요?"

나는 내 자리에서 간신히 일어나 그가 청한 것을 가져다주었다네.

그는 미소로 고개를 끄덕이며 감사를 했고, 붉은 액체 몇 방울을 계량해서 따른 뒤 가루약 하나를 첨가하더군. 처음에는 불그레한 색조였던 그 혼합물이 투명 가루가 녹으면서 차차 색깔이 밝아지더니, 소리가 들릴 정도로 부글부글 거품이 일면서 미세한 증기를 뿜어내기 시작했지. 그와 동시에 갑자기 용솟음치던 증기가 없어지더니 혼합물이 진한 자주색으로 변했고 다시 천천히 물처럼 녹색으로 엷어졌다네. 내 손님은 찬찬히 이 변화를 예의 주시하더니 미소를 지으며 유리컵을 탁자에 내려놓고 몸을 돌려 나를 뚫어져라 쳐다보았네.

"자 이제," 그가 말했네. "남은 일을 처리해야겠군. 진실을 알고 싶소? 가르쳐드릴까? 내가 손수 이 잔을 들고 더 이상 아무 말 없이 당신 집을 나가도 참아 주겠소? 아니면 욕심스런 호기심이 자네를 완전히 지배하도록 나둘 건가? 대답하기 전에 잘 생각하게. 왜냐하면 자네가 결정하는 대로 이루어질 테니. 자네 결정에 따라 전과 똑같은 상태로 남아있을 수도 있네. 전혀 더 부유하지도 똑똑하지도 않은 채, 단순히 치명적인 고통을 겪는 사람에게 선행을 베풀었다는 것이 다소 영혼을 풍성하게 해준 것 말고는 말일세. 아니면, 다른 경우를 선택하고 싶다면, 새로운 세상의 지식과 명예와 권력으로 가는 길이 자네 앞에 펼쳐질 걸세. 여기, 이 방에서, 바로 이 순간에. 그리고 사탄에 대한 불신마저 흔들리게 할 불가사의한 현상으로 자네 눈은 휘둥그레지겠지."

"이봐요," 나는 진정으로 갖지도 않은 냉정함을 지닌 체하며 말했네. "자네는 수수께끼 같은 말을 하고 있는데 내가 자네 말을 정말 못 미더워한다는 의심은 전혀 못하는가 보군. 하지만 그만 두기에는 이 이해할 수 없는 일에 너무 깊숙이 관여했으니 끝을 봐야겠네."

"좋소," 내 손님이 대답했지. "레이넌, 자네의 선서를 기억하게. 이제부터 일어날 일은 완전히 우리 직업상의 비밀이 보장된 거네. 자 이제, 그렇게 오랫동안 가장 편협하고 물질적인 견해에만 묶여있던 당신, 초월적인 약의 미덕을 부정해 온 당신, 자네보다 우월한 자들을 비웃어온 당신 - 똑똑히 보게!"

그는 유리컵을 입에 대더니 단숨에 마셔버렸어. 비명이 이어졌지. 그가 비틀거리며 휘청거리더니 탁자를 움켜쥐고 멈추어 서서 움푹 파인 눈으로 뚫어져라 쳐다보며 벌어진 입으로 헐떡거렸지. 내가 보는 앞에서 변화가 일어나고 있다는 생각이 들었다네. 그의 몸이 부풀어 오르는 것 같더니, - 갑자기 얼굴이 검게 변하고 이목구비가 녹아내리며 변해 가는데 - 바로 그 순간 나는 벌떡 일어나서 뒤의 벽 쪽으로 물러나게 되었지. 그 불가사의한 현상으로부터 나를 보호하려고 팔을 들어 올렸고, 내 마음은 완전히 공포에 사로잡혔다네.

"오 하느님!" 나는 비명을 질렀지. 그리고 연거푸 외쳤어. "하느님 맙소사." 내 눈 바로 앞에 - 창백하게 떨며 반쯤 정신을 잃고 손으로 앞을 더듬으며 죽었다 되살아난 사람처럼 - 바로 거기에 헨리 지킬이 서 있는 게 아닌가!

그 후로 그가 내게 말해준 얘기를 감히 지면에 옮겨 적을 생각이 없다네. 내가 본 것을 보았을 뿐이고 내가 들은 것을 들었을 뿐이네. 내 영혼은 그로 인해 병들었고 이제는 내 시력도 침침해지기 시작해 내 스스로 그 일을 믿는지 물어도 대답조차 할 수가 없다네. 내 삶은 뿌리까지 흔들렸고, 잠도 나를 저버렸으며 죽음 같은 공포가 밤낮으로 매 시간 내 옆에 앉아 있을 뿐이지. 내게 남은 날을 셀 수 있고 곧 죽게 될 거라는 걸 느낌이 들

뿐이야. 여전히 나는 아무것도 믿지 못한 채 죽을 거야. 그자가 내게 보여준 도덕적으로 비열한 행위에 대해 심지어 참회의 눈물을 흘려도, 기억 속에서조차 생각만 해도 나는 공포의 발작으로 시달리지. 어터슨, 단지 한 가지만 말하겠네. 그리고 (그걸 믿을 의향이 든다면) 그걸로 충분하고도 남네. 그날 밤 내 집으로 기어들어온 그 작자는 지킬 자신의 고백에 따르면 하이드란 이름으로 통하며, 커류의 살해범으로 전국 각지에서 추적을 당하는 바로 그자라네.

해이스티 레이넌.

헨리 지킬의 자세한 사례 설명

나는 18XX년 상당히 유복한 가정에서 태어났고, 게다가 탁월한 신체를 부여받았으며, 타고날 때부터 근면한 성향을 지녀, 주위 사람들 중에서 현명하고 점잖은 사람의 존경 받기를 즐겨했다. 그러니 누구라도 짐작하듯이 명예와 명성을 지닌 미래를 완전히 보장받은 셈이었다. 진정 내 최악의 결점은 성격상 유쾌함을 다소 참지 못했는데, 예를 들어 많은 사람들을 행복하게 해주는 그런 유쾌함말이다. 하지만 잘난 체하려는 욕망과 그리고 사람들 앞에서 필요 이상으로 진지한 표정을 짓는 도도한 욕망과는 어울리기 힘든 그런 유쾌함이었다. 이로 인해 나는 나의 쾌락을 숨기는 일이 생기게 되었고, 충분히 옛일을 회고하거나 주변을 둘러보며 세상에서 내가 이뤄낸 일과 내 위치를 가늠해볼 만한 나이가 되었을 때, 이미 심오한 인생의 이중성에 몰두해 있었다. 많은 사람들은 내가 죄지은 그런 비정상적인 것들을 심지어 떠벌리기도 했을 거다. 하지만 내 스스로 세운 고결한 견해로 인해 나는 그것들을 거의 병적인 수치심으로 여기며 숨겨왔다. 나를 만들어 낸 것은 내 결점으로 인한 타락이 아니라 내 치밀한 성격의 열망 때문이었다. 그리고 이 치밀함 때문에 대부분의 사람들보다 더 깊은 마음의 도랑을 팠고 두 부분으로 된 인간 본성을 나누거나 합하여 선과 악의 영역을 자르려 했었다. 이 경우에, 나는 종교의 근원에 놓여있거나, 그리고 가장 다양한 괴로움의 원천이 되는 저 단단한 삶의 규율에 대해 깊고 끈질기게 숙고하게 되었다. 그렇게 심각한 이중인격자였지만 나는 어떤 의미로도 위선자는 아니었다. 나의 양면은 모두 죽도록 진지했으며, 내가 억제를 못하고 수치심에 빠질 때도 환한 대낮에 지식을 추구하거나 슬픔과 고통을 줄이고자 애를 쓰는 그런 나와 마찬가지로 똑같은 나 자신이었다. 그러다가 완전히 신비하고 초월적인 것으로 이끌린 내 연구의 방향이 반응하고 내 양면 간의 영원한 싸움의 의식에 한 줄기 빛을 비추게 된 것은 전적으로 우연이었다. 매일 매일 그리고 내 지능, 즉 도덕과 지성의 양쪽에서 부분적인 발견을 통해 나를 그렇게 끔찍한 파멸에 처하게 한 그 진실, 즉 인간은 진정으로 온전한 하나가 아니라 둘이라는 진실에 조금씩 천천히 다가갔다. 지금은 내 지식의 수준이 그 단계를 넘지 못했기 때문에 둘이라 말하는 것이다. 다른 사람들이 나와 같은 길을 따라 가며 나를 능가할 것이다. 그러면 인간은 궁극적으로 다양하고 다르게 영향을 받는 독립된 생물들의 조직체로 여겨질 거라는 위험스런 추측을 해본다. 나는 내 분야에서 내 삶의 성격 상 한 방향으로 그리고 정말 한 방향으로만 거침없이 전진해왔다. 내가 원초적이고 완전한 인간의 이중성을 인식하며 배운 것은 도덕적인 차원에서 또 직접 나 자신 몸 속에서였다. 내 의식의 층에서 투쟁하는 두 본성 중에서, 비록 내가 당연히 둘 중 어느 한쪽이라고 말해질 수 있지만, 나 자신이 근본적으로 둘 다이기 때문에 이중성이 있다는 사실을 알게 되었다. 초기부터, 심지어 내 과학적인 발견의 과정에서 그러한 기적의 가장 확연한 가능성을 암시하기 전에도, 마치 백일몽을 꾸듯이 기쁨에 차서 이 두 측면을 분리할 수 있다는 생각을 품었다. 내 스스로 말하지만 분리된 정체성 안에 각 성질이 하나씩 자리 잡을 수만 있다면, 우리의 삶은 견딜 수 없는 모든 것으로부터 해방될 수 있을 것이다. 정의롭지 못한 자는 자신의 보다 올곧은 짝의 열망이나 회한으로부터 벗어나 자신의 길을 갈 수 있을 것이다. 정의로운 자는 자신이 기쁨을 느끼는 선행을 하면서 고상한 길을 꾸준히 안전하게 걸어가며 더 이상 이질적인 악의 손길에 의해 수치와 참회를 겪지 않아도 될 것이다. 이 어울리지 않는 덩어리들이 함께 묶여 있다는 것은 인간에게 저주이다. 고통스런 의식의 자궁 내에서 상극의 쌍둥이가 계속해서 투쟁해야 하는 것은 저주이다. 그런데, 이들을 어떻게 분리할 수 있단 말인가?

완전히 깊은 생각에 빠져 있다가, 내가 말했듯이, 연구실 탁자에 그 주제와 관련하여 우연히 서광이 비추기 시작했다. 옷을 입고 걸어 다니며 겉보기에 그렇게 견고해 보이는 몸이 떨리는 비물질이며 아지랑이 같은 무상한 것임을 지금까지 어떤 말로 표현된 것보다 더 마음속 깊이 깨닫게 되었다. 마치 바람이 대형 천막의 휘장을 흔들 수 있듯이 저 육신이라는 옷을 흔들고 송두리 채 뽑아 버릴 힘을 지닌 어떤 약물을 발견했다. 두 가지 타당한 이유로 이 고백에서는 과학적인 부분까지 깊이 들어가지 않을 것이다. 첫째, 우리 인생의 짐과 저주가 우리의 어깨를 영원히 짓누를 수밖에 없어서, 우리가 짐을 벗으려고 시도하면 그 저주는 오히려 더 알 수 없는 끔찍한 압박으로 우리에게 되돌아온다는 것을 알게 되었기 때문이다. 둘째, 내 이야기에서, 빌어먹을, 아주 분명하게 밝혀지겠지만, 내가 알아낸 결과가 불완전하기 때문이다. 그때는, 내 정신을 구성하는 특정한 힘들이 지닌 단순한 기운과 광채를 대신하여 나의 타고난 육신을 인식했을 뿐만 아니라 그 힘을 그 지고지순한 자리로부터 끌어내릴 수 있는 약을 조제할 수 있었다는 것만으로도 충분했다. 그리고 내 영혼에 내재한 저열한 요소의 발현이며 판박이이기 때문에 제2의 형태와 얼굴로 대체되었는데 그게 전혀 내게는 이상할 게 없었다는 것만으로 충분하다.

이 이론을 실제로 실험에 옮기기 바로 그 전까지 나는 오랫동안 주저했다. 죽음을 무릅써야 한다는 걸 잘 알고 있었다. 정체성이라는 기본 틀을 잠재적으로 완전히 지배하고 흔들어놓을 수 있는 약이라 조금이라도 과다하게 복용하거나 아니면 약효가 나타나는 순간이 조금이라도 잘못될 경우에 그 약으로 바뀔까봐 조심해야 하는 비물질적인 임시 거처를 완전히 없애버릴 수도 있기 때문이다. 그러나 너무나 독특하고 심오한 발견이라는 유혹은 마침내 경고의 소리를 억눌러버렸다. 나는 오랫동안 약간의 약을 준비해왔다. 약품 도매상으로부터 즉시 내 실험에서 마지막으로 필요한 성분임을 알게 된 특별한 소금을 대량으로 구입하였다. 어느 저주스런 밤늦게, 나는 재료들을 섞어 그것들이 끓어오르며 유리병 속에서 수증기를 일으키는 것을 지켜보다가 끓어 넘치는 게 가라앉았을 때 엄청난 용기를 내어 일회 분량을 마셨다.

온몸을 쑤셔대는 최악의 고통이 뒤따랐다. 뼈를 갈아 뭉개며, 죽을 듯한 구역질과 탄생이나 죽음의 순간에도 넘어설 수 없는 정신적인 공포가 뒤따랐다. 그러다가 순식간에 이 고통들은 가라앉기 시작했고 엄청난 중병에서 회복된 것처럼 제 정신을 차렸다. 감각에 뭔가 이상한 것, 묘사할 수 없는 새로운 무엇, 그리고 그 새로움 때문에 믿을 수 없이 달콤한 그 무엇이 느껴졌다. 나는 내 몸이 더 젊어지고, 가벼우며 행복하다고 느꼈다. 내면에서 나는 고집스런 무모함을 느꼈고, 방탕하고 감각적인 이미지가 물레방아의 물꼬가 환상 속에서 터진 듯 흘러드는 것을 느꼈다. 그리고 의무감의 구속에서 벗어나, 뭔지 모르지만 순수하지 못한 영혼의 자유를 의식할 수 있었다. 이 새 생명의 첫 숨을 쉬면서 나는 내 스스로 더 사악해진, 열배는 사악해진 것을 알았고, 원초적인 악에 팔린 노예가 되었다는 것을 알았다. 그 순간에 내 생각은 마치 술기운처럼 나를 힘이 넘치고 행복하게 해주었다. 이 신선한 감각으로 나는 신이 나서 손을 뻗었고, 그 동작을 하면서 나는 갑자기 내 체격이 줄어든 것을 알게 되었다.

그날 내 방에는 거울이 없었다. 글을 쓰고 있는 지금 이 시간 내 옆에 서 있는 거울은 나중에 이 변화를 확인할 목적으로 들여놓은 것이다. 하지만 그날은 밤이 깊어 새벽이 되어가고 있었고 – 새벽은 어두웠지만 동이 트려는 기미가 충분히 무르익었다. 내 집 식구들은 모두 아주 깊은 수면 시간에 갇혀있었다. 승리와 희망으로 얼굴이 달아오른 나는 용기를 내어 새로운 모습으로 침실까지 가보기로 작정했다. 뒤뜰을 가로질러 갔는데 거기선, 내가 생각하기로는, 잠들지 않고 하늘을 지키던 별들도 한 번 본 적 없는 그런 종류의 최초 생명체인 나를 경이롭게 내려다보고 있었다. 나는 내 집에서 낯선 사람이 되어 살그머니 복도를 지나갔다. 내 방에 도착해서 처음으로 에드워드 하이드의 모습을 보았다.

여기서 나는 내가 아는 것이 아니라 내가 생각하기에 가장 개연성 있는 것을 오직 이론에 근거해서만 말할 뿐이다. 이제 분명한 효력을 드러내도록 만든 내 본성의 악한 면은 내가 막 없애버린 선한 면보다 강건하지도 않고 발달도 덜 되었다. 다시 말하지만 인생의 9할을 결국 미덕과 자제심을 발휘하려는 노력으로 살아온 내 인생에서, 그 악한 면은 훨씬 덜 쓰여서 그만큼 덜 소모되었던 것이다. 이로 인해 내 생각엔 에드워드 하이드가 헨리 지킬보다 아주 더 작고 부실하며 어렸던 것 같았다. 후자의 얼굴에서 선량함이 빛났다면 전자의 얼굴에서는 사악함이 크고 확연하게 드러났다. 게다가 (여전히 내가 인간의 치명적인 부분이라고 믿을 수밖에 없는) 악이 내 신체에 기형과 퇴화의 흔적을 남겼다. 그렇지만 거울 속에 그 추한 형상을 보았을 때 나는 어떤 반감도 느끼지 않았고 오히려 반가움으로 가슴이 두근거렸다. 이 모습 또한 나 자신이었다. 그 또한 자연스럽고 인간적으로 보였다. 내가 보기에 그는 더 활달한 영혼의 모습을 지니고 있었고 지금까지 나의 모습이라 부르면서 익숙해진 불완전하고 분열된 모습보다 더 숨김없고 단일한 모습 같았다. 그리고 그 점에서 전혀 의심할 바 없이 내가 옳았다. 내가 에드워드 하이드의 모습을 취했을 때, 어느 누구도 처음에는 내 육신에 대해 눈에 띌 정도로 분명한 불안을 느끼지 않고 내게 다가오지 못했다. 내가 받아들이기에, 이것은 우리가 만날 때 모든 인간들은 선과 악이 함께 섞여있는데 오직 인류를 통 털어서 에드워드 하이드만이 순수 악으로 구성되어 있기 때문이다.

나는 거울 앞에 잠시 머뭇거렸다. 아직 두 번째 결정적인 실험은 이루어지지도 않았다. 구원할 수 없을 정도로 내 정체성을 잃어버린 것인지 아직은 알 수 없다. 더 이상 내 집이 아닌

이곳에서 해가 뜨기 전에 빠져 나와야 한다. 나는 밀실로 서둘러 돌아가 다시 약을 준비해 마셨다. 다시 한 번 몸이 녹는 고통을 겪었고 다시 한 번 헨리 지킬의 모습과 체격과 얼굴을 지닌 나 자신으로 되돌아 왔다.

그날 밤 나는 운명적인 갈림길에 다다른 거였었다. 보다 고귀한 정신으로 내 발견에 접근했더라면, 그리고 관대하며 신성한 열망의 지배 아래 그 실험을 감행했더라면 모든 것은 달라졌을 것이고, 죽음과 탄생의 고통으로부터 나는 악마가 아닌 천사가 되어 나타났을 것이다. 그 약은 전혀 변별력이 없었다.

그 약은 전혀 사악하지도 신성하지도 않았다. 그 약은 단지 내 기질의 감옥 문을 흔들어 필리피의 포로처럼[11] 그 안에 갇혀 있는 것을 풀어놓았을 뿐이다. 그 순간에 내 도덕심은 잠들었었고 내 사악함이 야심에 차 깨어 있다가 빈틈없이 날렵하게 기회를 잡으려고 준비하고 있었던 것이다. 그렇게 해서 밖으로 투사된 것이 에드워드 하이드였다. 이로 인해 나는 두 모습뿐만 아니라 두 성격을 갖게 되었지만, 하나는 전적으로 사악하고 다른 하나는 내가 이미 향상과 개선에 대해 절망스러워 하던 모순된 복합체인 그 옛날 헨리 지킬이었다. 그렇게 전적으로 더 나쁜 쪽으로 움직여 갔다.

심지어 그 당시에도 나는 학문의 무미건조한 생활에 대한 반감을 극복하지 못하고 있었다. 여전히 때때로 나는 아무 생각 없이 놀았다. 그리고 (아무리 에누리해 말해도) 내 쾌락은 품위가 없는 것으로, 나 자신이 유명하고 평판이 좋을 뿐만 아니라 점점 나이가 지긋해졌기 때문에, 내 삶의 이 모순 덩어리들은 하루하루 더욱더 불쾌한 것이 되어갔다. 바로 이런 측면에서 이 새로운 능력은 완전히 노예상태가 될 때까지 나를 유혹하였다. 그 한 컵을 들이키는 것으로 저명한 교수의 몸을 단박에 저버리고 두터운 외투를 걸치듯 에드워드 하이드의 몸을 떠맡게 되었다. 그 생각만으로도 미소를 지었고 그 순간에는

---

11. 사도행전 - 마세도니아의 도시로 옥타비우스와 안토니가 브루투스와 카시우스를 기원전 42년 무찔렀던 곳.

심지어 재미있는 생각 같아서, 나는 아주 세밀하게 주위를 기울여 그걸 준비했었다. 나는 소호에 그 집, 경찰이 하이드를 추적해 간 그 집을 구해 살림살이까지 준비하고, 말 수도 적으며 약아빠진 작자를 가정부로 고용했다. 한편 나는 내 하인들에게 (내가 설명하는) 하이드란 사람은 광장에 있는 우리 집에 완전히 맘대로 드나들 수 있는 권한을 갖고 있다고 분명히 일러두었다. 불미스런 일을 피하기 위해 나는 두 번째 성격인 하이드로 변한 나 자신을 불러 낯을 익히게까지 했다. 다음으로 나는 자네가 그토록 반대한 유언장을 작성했고 그래서 만약 지킬 박사의 신상에 무슨 일이 생기면 금전적인 손실 없이 바로 에드워드 하이드의 신분을 취할 수 있게 해놓았다. 내 생각에 이렇게 만반의 준비를 취하고 나서 나는 내 지위의 묘한 특권을 이용하기 시작했다.

이전에 사람들은 청부 살인자를 고용하여 범죄 행위를 시킴으로써 자신들의 인품과 평판은 그대로 보호받을 수 있었다. 나는 자신의 쾌락을 위해 그런 행위를 한 최초의 사람이었다. 상당히 온화한 존경심을 보여주는 대중들의 시선 속에서 이렇게 터벅터벅 걸어가다가, 한순간에 어린 아이처럼 빌린 몸을 벗어버리고 무턱대고 자유분방한 바닷속으로 뛰어들 수 있는 최초의 사람이 되었다. 어느 누구도 꿰뚫어볼 수 없는 망토를 걸친 나에게는 완벽한 안전이 보장되어 있었다. 생각해 보라 - 심지어 난 존재하지도 않는다! 단지 내 연구실 문으로 피해 들어가 내가 항상 준비해 놓은 약을 섞어 마실 수 있도록 일이 초만 내게 주어지면 그만이었다. 그가 무슨 일을 저지르던 에드워드 하이드는 거울 위의 입김처럼 사라지는 것이다. 그 대신에 거기에 조용히 집 안의 서재에서 한밤까지 연구에 몰두하며 어떤 의혹도 비웃어버릴 수 있는 남자, 헨리 지킬이 존재할 뿐이다.

앞서 내가 말했듯이 변신을 해서 내가 서둘러 찾은 쾌락은 점잖은 것이 아니었다. 난 더 심한 말을 쓰고 싶지 않다. 하지만 에드워드 하이드의 손아귀에서 그 쾌락들은 극악무도한 것으로 바뀌어 갔다. 이러한 외출에서 돌아오면 나는 이 대리 악행에 대하여 일종의 의구심에 빠질 때도 종종 있었다. 내 영혼에서 불러내어 즐거운 쾌락을 맛보도록 혼자 내보낸 이 친밀한 존재는 선천적으로 못되고 악랄한 존재였다. 그의 모든 행동과 생각은 자신에게만 맞춰져 있고 다른 사람에게 아무리 가혹하더라도 짐승 같은 탐욕으로 쾌락을 취했고 돌덩이처럼 동정심이란 전혀 없는 인간이었다. 헨리 지킬은 에드워드 하이드의 행동에 종종 경악했다. 그 상황은 일상적으로 법망을 벗어난 것이라 양심의 가책은 교묘하게 해이해졌다. 결국 죄를 지은 것은 하이드였고, 하이드 혼자였으니까. 지킬은 전혀 나빠지지 않았다. 그는 겉보기에 전혀 손상을 입지 않고 자신의 선량한 모습으로 깨어났다. 가능한 경우에 그는 서둘러 하이드가 저지른 악행을 원상복구하려고 서두른 적도 있다. 그렇게 해서 그의 양심은 잠들어갔다.

내가 이렇게 묵인해온 (심지어 지금까지도 내가 저질렀다고 거의 인정할 수 없기 때문에) 그 파렴치한 행위의 상세한 내용을 말하고 싶은 생각은 없다. 단지 곧 나에 대한 징벌이 다가오고 있다는 연속적인 과정들과 경고가 있었다는 것만을 밝혀둘 작정이다. 나는 우연한 사건에 맞닥뜨리게 되었는데, 심각한 결과를 초래하지 않았기에 그냥 언급만 할 것이다. 한 아이에 대한 잔인한 행동이 한 행인의 분노를 야기했는데, 그가 자네의 친척이라는 걸 요 전날 깨달았다. 의사와 아이의 가족이 그 사람에게 동조했고 난 순간순간 생명에 대한 두려움까지 느꼈다. 마침내 그 사람들의 너무나 정당한 분개를 진정시키기 위해 에드워드 하이드는 그들을 집으로 데리고 가 헨리 지킬의 이름으로 수표를 발행했다. 하지만 나중에는 다른 은행에서 에드워드 이름으로 계좌를 개설함으로써 추후에 이런 문제를 쉽게 제거해 버렸다. 그리고 나 자신의 필체를 거꾸로 기울여 써서 내 분신에게 서명을 만들어 주었을 때, 나는 운명의 손길을 벗어났다고 생각했다.

댄버즈 경의 살해 사건이 있기 두 달 전쯤에 나는 또 한 번 모험을 찾아 나섰고 늦은 시각에 집에 돌아왔는데, 다음 날 아침 다소 이상한 느낌으로 잠자리에서 일어났다. 주변을 둘러보았지만 쓸데없는 짓이었다. 광장에 있는 내 집의 멋진 가구와 높은 천장을 둘러보았지만 그대로였다. 침대 커튼의 문양과 마호가니 틀의 디자인을 눈여겨봐도 아무 소용이 없었다. 그런데도 여전히 뭔가 계속 고집스레 내가 있을 곳에 내가 있는 게 아니고, 내가 있을 만한 곳에서 내가 눈을 뜬 것이 아니라는 생각이 들었다. 에드워드 하이드의 몸이 되어 잠드는 데 익숙해진 소호의 작은 방에 있다는 생각이 계속 들었다. 혼자 웃고 나서, 심리적으로 나른하게 이런 착각의 원인들을 궁리하기 시작했고, 흔히 그랬듯이 때때로 아침의 안락한 선잠에 빠져들었다. 좀 더 정신이 들어 내 손에 눈길이 갔을 때는 여전히 신경이 쓰였다. 평상시 헨리 지킬의 손은 (자네가 자주 말했듯이) 생김새나 크기가 직업에 맞게 크고 단단하며 희고 고왔다. 하지만 한창 노랗게 빛나는 런던 아침의 햇빛 속 침대보 위에 반쯤 편 채 늘어져있는 그 손은 마르고 핏줄과 마디가 튀어나와 창백하니 핏기가 없고, 털이 많이 자라 심하게 그늘이 져 있었다. 그것은 에드워드 하이드의 손이었다.

한 삼십 초 동안 단순히 어안이 벙벙해져 멍한 상태로 그 손을 응시하고 있다가 마치 심벌즈가 부딪히듯 갑자기 꽝하고 놀라 공포로 가슴이 덜컥 내려앉았다. 이어 침대에서 튀어 나와 거울로 서둘러 달려갔다. 내 눈에 들어온 모습에 급격하게 피가 싸늘하게 식어 얼음처럼 차가워졌다. 그렇다, 나는 헨리 지킬로 잠자리에 들었다가 에드워드 하이드로 깨어난 거였다. 이걸 어떻게 설명할 수 있을까? 나 자신에게 물어보았다. 그러고 나서 또 다른 공포에 사로 잡혔다 - 어떻게 치유해야 할까? 이미 날이 완전히 밝아졌고, 하인들도 일어난 데다 내 약은 모두 전부 밀실에 있었다. 먼 길을, 두 층이나 내려가 뒤쪽 통로를 지나 훤히 트인 뜰을 가로질러 해부 수술실을 통과해야 하는 먼 길이었기에, 나는 겁에 질려 그냥 거기에 서 있었다. 얼굴을 가리는 건 가능하겠지만 바뀐 내 체격을 숨길 수 없다면 그게 무슨 소용이란 말인가? 바로 그때 온 몸을 압도하는 달콤한 안도감으로 문득 떠오른 생각이 있었다. 하인들은 나의 제2의 자아가 드나드는 데 이미 익숙해졌다는 사실이었다. 할 수 있는 한 내 몸에 잘 맞는 옷을 차려입었다. 곧바로 집을 가로 질러 가고 있을 때 브래드쇼우는 그런 시각에 그렇게 이상한 차림의 하이드 씨를 보고 멍하니 쳐다보다 놀라 뒤로 물러섰다. 십 분 뒤에 지킬 박사는 자신의 모습으로 되돌아왔고 수심에 가득 찬 표정으로 아침 식사를 하는 척했다.

정말 입맛이 없었다. 설명할 수 없는 이 사건, 이전 실험의 정반대 사건은 바빌로니아 손가락처럼 벽 위에 내 심판의 날의 글자를 한 자 한 자 분명히 써내려가는 것 같았다. 나의 이중적인 존재 문제와 가능성에 대하여 어느 때보다 더 진지하게 고민하기 시작했다. 내가 투사해 내고 있는 나의 그 부분은 최근에 아주 활발하고 강해졌다. 최근에 내가 보기에 에드워드 하이드의 몸도 커진 것 같고 (내가 그 모습을 취할 때면) 한층 혈기 왕성해진 것을 의식할 수 있었다. 이 상태가 아주 오랫동안 지속된다면 내 본성의 균형이 영원히 뒤바뀌어 자발적인 변화 능력은 없어지고 에드워드 하이드의 성격이 되돌릴 수 없는 내 성격이 될 수 있다는 위험을 감지하기 시작했다. 약의 효력이 항상 동일하게 나타나는 것은 아니었다. 한 번은 실험 초기에 완전히 실패한 적도 있었다. 그러기에 그때 이후로 나는 한 번이 아니라 여러 번 약을 두 배로 늘려야 했고 한 번은 한없는 죽음의 위험을 무릅쓰고 양을 세배로 늘린 적도 있었다. 이렇게 드물게 일어나는 불확실성으로 만족감에는 어두운 그림자가 드리워지곤 했었다. 하지만 그날 아침 사건에 비추어볼 때, 처음에는 어려운 문제가 어떻게 지킬의 몸을 떨쳐버리는 것이었다면 최근에는 문제가 다른 쪽으로 점차 결정적으로 옮겨갔음을 인정할 수밖에 없다. 그러므로 모든 것들이 다음 한마디로 정리될 수 있을 것이다. 나는 천천히 본래 더 좋은 자아에 대한 힘을 잃고 제 이의 사악한 자아로 조금씩 섞여 가고 있었다.

이 둘 사이에서 이제 나는 선택을 해야 한다고 느꼈다. 나의 두 인간 본성은 공통된 기억을 갖고 있었지만 그 밖의 모든 기능들은 전혀 다르게 나누어졌다. (선악이 뒤섞인) 지킬은 가장 예리한 이해력과 탐욕스런 열정이 뒤섞여 하이드와 모험과 쾌락을 함께했다. 하지만 하이드는 지킬에 대해 무관심했고 마치 산 도둑이 추격을 피해 숨을 동굴을 기억하듯이 그를 기억할 뿐이었다. 지킬은 보통 아버지이상으로 더 많은 관심을 가지고 하이드를 대했다면 하이드는 보통 아들보다 심한 무관심을 그에게 보일 뿐이었다. 지킬에 맞춰 지낸다는 것은 오랫동안 은밀히 탐닉해오다가 최근에야 맘껏 제대로 즐기기 시작한 욕망을 완전히 죽이고 살게 되는 거다. 그렇다고 내 삶을 완전히 하이드에 맞춘다는 것은 수천 가지 관심사와 열망을 단 번에 영원히 저버리고 경멸당하며 친구 하나 없는 존재가 되는 거였다. 흥정이란 게 있을 턱이 없어 보였다. 하지만 이 저울질에서 한 가지 더 고려할 사항이 있었다. 지킬을 선택하면 절제의 불길 속에서 고통을 겪을 테지만 하이드를 선택하면 그가 잃어버린 모든 것을 신경조차 쓰지 않을 것이다. 내 처지가 이상할지라도 이 고뇌의 내용들은 인간 존재만큼이나 오래되고 흔히 있던 일이었다. 유혹을 받고 두려움에 떠는 어느 죄인에게나 똑같이 많은 자극과 경각심이 주사위를 던졌다. 그리고 절대 다수의 다른 동료 인간들에서처럼 나에게도 주사위는 던져졌고, 나는 더 선량한 쪽을 선택했지만 그 마음을 고수할 힘이 없는 것을 발견할 수밖에 없었다.

그렇다. 나는 친구들에 둘려 싸여 정직한 희망을 소중히 품고, 불만에 찬 구닥다리 의사를 선호했고 방종과, 비교해 보면 하이드로 변했을 때 느꼈던 젊고 가벼운 발걸음과 박동하는 맥박에, 그리고 비밀리에 즐겼던 쾌락에 절대적인 이별을 고하였다. 그러나 이런 선택을 할 때 나는 아마 나도 모르는 딴 생각이 있었던 것 같았다. 왜냐하면 나는 소호의 그 집을 처분하지도 않았고 내 옷장에 여전히 가지런히 정돈된 에드워드 하이드의 옷들도 버리지 않았다. 하지만 두 달 동안 내 결심은 확고했고 두 달 동안 나는 전에 한 번도 이룰 수 없었던 아주 엄격한 삶을 살며 양심의 만족할 만한 보상을 즐겼다. 하지만 마침내 내 경각심을 지워버릴 시간이 다가왔고 양심의 칭찬은 그냥 당연한 것으로 바뀌기 시작했다. 마치 하이드가 자유를 찾아 투쟁하듯 진통과 갈망으로 고통에 몸부림치기 시작했고 마침내 도덕심이 해이해진 틈을 타서 나는 다시 한 번 변신의 약을 타 마셨다.

술주정뱅이가 자신에게 자신의 악행에 대한 이유를 댈 때, 그가 잔인하고 육체적인 비정함을 저지를 위험에 처하는 것이 한 오백 번 중의 한 번일 거라는 주장을 난 받아들일 수 없다. 내 입장을 아무리 오래 고려해보았어도, 나도 주요한 에드워드 하이드의 성격이 완전히 도덕적으로 무감각해져서 쉽사리 무정하게 악해질 수 있다는 점을 충분히 감안하지 못했다. 내가 벌을 받은 것도 바로 그 때문이었다. 나의 악마는 오랫동안 갇혀있었던 만큼 그는 포효하며 튀어나왔다. 나는 그 약을 마시는 순간에조차 고삐가 더 풀리고 더욱 광포해진 악의 성향을 의식할 수 있었다. 내 생각에, 내 불행한 희생자가 예의를 갖춰 건네는 말에 참을성 없이 폭발한 것도 내 영혼을 뒤흔들던 바로 이 악마였음에 틀림없었다. 적어도 하느님께 맹세코 도덕적으로 건전한 인간이라면 누구든 그렇게 동정할 만한 자극에 그런 죄를 저지른 것에 죄책감을 느낄 거라고 단언할 수 있다. 나는 아픈 아이가 자기 장난감을 부수듯이 그런 비이성적인 마음에 사로잡혀 있었다. 우리 중에 가장 못된 인간조차도 유혹의 불길 속에서 어느 정도 몸을 가누고 걸어가도록 해주는 균형 의식을 지키려는 모든 본능을 내 스스로 다 벗어던져 버렸다. 내 경우에 비록 아주 사소한 유혹이라도 일단 받으면 그것은 타락이었다.

즉각적으로 지옥의 영혼이 내 안에서 깨어나 날뛰었다. 환희의 무아경으로 나는 전혀 저항하지 않는 몸에 상처를 입혔고 때릴 때마다 기쁨을 맛보았다. 내가 기쁨의 절정에서 기운이 빠지기 시작하더니 갑자기 내 등골이 서늘해지는 공포의 차디찬 전율에 사로잡혔다. 안개가 걷히고 나자, 나는 내 목숨을 잃을 수도 있다는 것을 알았다. 그리고 의기양양한 동시에 무서움에 떨며 그 무절제한 현장에서 도망치니, 내 사악한 욕망이 만족하면서 더욱 격화되었지만, 생명을 부지하고자 하는 애착이 가장 우세하고 우선이었다. 나는 소호의 집으로 달려가서 (이중 삼중으로 확실히 하려고) 서류들을 파기하였고, 그러고 나서 완전히 정신이 양극으로 나누어진 황홀경 속에서 가로등이 켜진 길로 나섰다. 내 죄악을 바라보며 혼자 싱글벙글 웃으며 가벼운 마음으로 다음에 저지를 죄악을 생각하며, 혹시 뒤에 쫓아올 복수자의 발길에 귀를 쫑긋 세우며 서둘러 움직였다. 하이드는 약을 섞을 때는 입에 노래를 달고 살았고 약을 마실 때는 죽은 사람에게 축배를 들었다. 어떤 변화의 고통도 헨리 지킬을 완전히 찢어 없애지 못했고 결국 그는 감사와 회한의 눈물을 줄줄 흘리며 무릎을 꿇고 하느님께 두 손을 모아 기도하게 되었다. 머리끝에서 발끝까지 감싸고 있던 자신의 방종의 베

일이 찢겨나갔고, 나는 내 삶 전체를 돌아보게 되었다. 내 삶을 거슬러 어린 시절 아버지의 손을 잡고 걸음마를 배우던 시절부터, 스스로를 부정하는 직업의 고단한 날들을 지나 반복적으로 똑같은 비현실감을 느끼며 저주받은 공포의 그날 밤에 다다랐다. 크게 비명을 질렀는지도 모르겠다. 눈물과 기도로써 내 뜻과 달리 기억 속에 우글거리는 가증스런 소리와 장면들을 옥죄어 가라앉히려고 애를 썼다. 하지만 그렇게 애원하는 동안에도 내 추악한 죄의 얼굴이 내 영혼을 뚫어져라 빤히 쳐다보았다. 에일 듯한 이 회한의 고통이 잦아들면서 기쁨의 느낌이 밀려왔다. 내 행동으로 인한 문제는 해결되었다. 이제부터 하이드는 절대 나올 수가 없어졌다. 내가 원하던 원하지 않던, 나는 더 나은 내 안에 갇히게 되었다. 오, 이 생각으로 얼마나 내가 기뻐했던가! 얼마나 겸허하게 이 자연스런 삶의 제약들을 기꺼이 다시 받아들였던가? 얼마나 진지한 체념으로 그렇게 자주 오가던 문의 자물쇠를 채우고 열쇠를 발로 짓밟았던가?

그 다음날 살인 현장을 내려다본 사람이 있다는 소식이 들려왔고 하이드의 죄가 온 천하에 명백해졌다. 그 희생자는 사람들에게 많은 존경을 받는 사람이라는 소식도 들려왔다. 그것은 범죄일 뿐만 아니라 비극적인 바보짓이었다. 나는 그 사실을 알고 기뻐했던 것으로 생각된다. 나의 착해지고픈 마음이 교수대에 대한 공포 때문에 더욱 단단해지고 보호받게 되어 기뻤던 것으로 생각한다. 이제 지킬이 내가 은신할 도시였다. 단지 한

순간이라도 하이드가 삐져나오게 되면 온갖 사람들이 팔을 걷어붙이고 그를 잡아 죽이려 할 것이다.

나는 향후 내 행동으로 과거를 청산하려고 다짐했다. 정직하게 말해 내 결심은 어느 정도 선량한 결실을 맺었다. 작년 말쯤에 내가 얼마나 진지하게 고통을 완화시키려고 애를 썼는지 자네 스스로 알고 있지. 다른 사람들을 위해 많은 일이 행해졌다는 것을 알고 있지. 그리고 그날들을 조용히 보내며 거의 내 스스로 행복하게 보냈는지 자네도 알고 있지. 이 선량하고 순수한 생활에 지겨웠다고 진정으로 말할 수 없다. 대신 매일같이 그 생활을 전적으로 즐겼다고 생각한다. 하지만 나는 내 목적의 이중성에 여전히 저주를 받았다. 내 참회의 첫 칼날이 무디어졌을 때 그렇게 오랫동안 탐닉한 뒤 최근에 족쇄가 채워진 나의 저급한 측면이 자유를 찾아 울부짖기 시작했다. 하이드를 소생시키고자 꿈꾼 것은 아니다. 그 생각만으로도 나는 미칠 정도로 놀랐을 것이다. 아니, 다시 한 번 내 양심을 농락하고 싶은 유혹을 느낀 것은 나 자신의 모습에서였다. 내가 마침내 유혹의 공격에 무릎을 꿇은 것은 평범하고 비밀스런 죄인으로서였다.

모든 일에는 종말이 오기 마련이다. 가장 큰 용량의 그릇이라도 끝내는 가득 차게 된다. 이렇게 짧은 순간 악을 허용한 것이 내 영혼의 균형을 마침내 파괴하였다. 아직도 나는 겁을 먹지 않고 이 발견을 하기 전 그 옛 시절로 되돌아간 것처럼 파멸은 자연스러워 보였다. 서리가 녹은 곳은 발밑이 축축하고 머리

위로는 구름도 없이 맑고 청명한 일월의 어느 날이었다. 리젠츠 공원은 겨울 새소리로 가득하고 봄기운으로 달콤하였다. 벤치에서 햇볕을 쬐며 앉아 있었다. 내 안에 있는 짐승은 기억의 편린을 핥았고, 약간 졸고 있는 영적인 면은 지속적인 참회를 약속하였으나 아직은 시작할 움직임을 보이지 않고 있었다. 결국 나는 내 이웃들과 같다고 생각했고, 그러고 나서 나 자신과 다른 사람들을 비교하며, 내 적극적인 선한 의지와 그들의 게으른 태만의 잔인함을 비교하며 미소를 짓고 있었다. 그런 허황된 생각을 한 순간에 메스꺼움이 닥쳐왔고 끔찍한 울렁거림과 죽을 듯한 몸서리가 닥쳐왔다. 이것들이 지나갔을 때 나는 기절해버렸고, 그러고 나서 그 다음 순간에 현기증이 가라앉더니 나는 내 생각의 기질이 변해, 한참 더 담대해지고, 위험을 비웃으며, 의무감이 해체되는 것을 깨닫기 시작했다. 나는 아래를 보았다. 쪼그라든 내 사지 위에서 내 옷은 볼품없이 매달려 있었다. 무릎 위에 놓인 손에 힘줄이 불거졌고 털이 부숭했다. 다시 한 번 나는 에드워드 하이드가 되었다. 한순간 전에는 나는 모든 인간의 존경을 받으며 안전하였고, - 집 식당에는 나를 위해 식탁보가 차려져 있었고, 유복하며 사랑을 받았었다. 이제 나는 인류 공통의 사냥감이 되어, 쫓기며 집도 없이 세상에 알려진 살인자로 교수대에 묶일 몸이 되었다.

내 이성이 흔들거렸지만 완전히 나를 저버린 것은 아니었다. 제2의 인물이 되었을 때 지적 능력이 상당히 날카로워지고 정신도 좀 더 긴밀하게 융통성을 발휘하는 것을 목격한 적이 한두 번 아니었다. 그래서인지 아마도 지킬이 굴복한 그 자리에서 하이드가 그 중요한 순간에 맞춰 나타났던 거였다. 내 약은 밀실의 한 유리장에 들어 있었다. 어떻게 그 약까지 다가 갈 수 있을까? 그것이 바로 손으로 머리를 싸매고 내 스스로 풀어야 할 문제였다. 연구실 문은 내가 폐쇄해 버렸었다. 집을 지나 들어가려면 하인들이 즉시 나를 교수대로 보내버릴 것이다. 누군가 도움의 손길을 빌려야 한다는 걸 깨달았고 바로 레이넌을 생각해냈다. 그에게 어떻게 연락을 취할 수 있을까? 어떻게 설득해야 하나? 거리에서 체포되는 꼴을 면한다 해도 내가 어떤 방법으로 그와 직접 대면을 할 수 있을까? 알지도 못하는 불쾌한 방문객일 내가 어떻게 저명한 내과 의사를 설득해서, 그의 동료 지킬 박사의 연구실을 샅샅이 뒤지게 할 수 있을까? 그때 내 본래의 성격 중 일 부분이 내게 남아있음을 기억해 냈다. 나 자신의 필체로 글을 쓸 수 있다는 사실이었다. 일단 그 번뜩이는 생각에 불이 붙자 처음부터 끝까지 내가 취해야할 방법이 쭉 떠올랐다.

그러고 나서 바로 나는 최대한 신경을 써서 옷매무새를 가다듬고 지나가던 마차를 잡아타고 포트랜드 가의 한 호텔, 내가 우연히 이름을 기억하게 된 한 호텔로 갔다. (비극적인 내 운명을 아무리 덮으려 해도 정말 우습기 짝이 없는 옷을 입은) 내 꼬락서니에 마부는 웃음을 감추지 못했다. 그를 향한 악마

같은 분노가 용솟음 쳐 이를 악물어야 했고, 그의 얼굴에서 웃음이 가시었다. 그에게는 잘된 일이고, 나에게는 더욱더 잘된 일인데, 왜냐하면 한순간만 더 웃었다면 나는 틀림없이 그자를 자리에서 끌어내렸을 테니까. 내가 호텔에 들어가면서 시커먼 표정으로 나는 주위를 훑어보자 직원들은 덜덜 떨 정도였다. 내 눈앞에서 그들은 어떤 눈길도 주고받지 않고 고분고분 내 지시를 따랐으며, 나를 조용한 방으로 안내한 뒤 글을 쓸 필기도구들을 가져다주었다. 생명의 위협 받고 있는 하이드는 나에게도 새로운 존재였다. 과도한 분노로 부들부들 떨면서 살인 충동에 사로잡혀 고통을 가하고 싶은 욕망으로 들끓었다. 그럼에도 그 존재는 빈틈이 없었고, 엄청난 의지력으로 분노를 삭이며, 중

요한 편지 두 장 – 즉 레이넌에게 한 장과 풀에게 한 장을 썼다. 또 편지가 제대로 전달되었는지 확실히 해두려고, 그는 편지를 건네주며 등기로 부칠 것을 지시했다.

그러고 나서 그는 외딴 방 난로 옆에 하루 종일 손톱을 깨물며 앉아있었다. 그곳에서 홀로 두려움에 쭈그리고 앉아 식사를 했고, 그가 바라만 보아도 웨이터는 주눅이 들어 심하게 떨었다. 밤이 완전히 깊어지자 그는 호텔에서 나와 지붕이 덮인 마차에 처박힌 채 런던 시내의 길을 따라 이리저리 돌아다녔다. 그는 – 그를 나라고 말할 수 없지만 – 내가 말한다. 그 지옥의 자식은 인간적인 면은 눈곱만큼도 없었다. 공포와 증오 말고는 그의 내면에 살아 있는 것은 하나도 없었다. 마침내 마부가 점차 의심쩍어 한다는 생각이 들자, 잘 맞지도 않는 옷을 걸친 터라 사람들 눈에 쉽게 띄는 모습임에도 마차에서 내렸다. 그리고 그는 용기를 내어 야심한 밤 행인들 사이로 거닐고 다녔는데, 그의 마음속에는 두 야비한 욕정이 폭풍처럼 일어났다. 그는 두려움에 쫓겨 혼자 중얼거리며, 사람들의 발길이 뜸한 거리를 따라 자정이 될 때까지 남은 시간을 헤아리며 살금살금 걸어 다녔다. 한 번은 한 아낙네가 성냥 한 통을 건네며 그에게 말을 걸었던 것 같다. 그는 그녀의 얼굴을 후려 갈겼고 그녀는 줄행랑을 쳤다.

레이넌의 집에서 다시 나 자신으로 돌아왔을 때, 옛 친구가 보여준 공포로 인해 나는 마음이 짠해졌다. 아직도 난 모르겠다. 그 감정은 지난 시간들을 되돌아보며 느끼는 엄청난 혐오감에 비하면 바다에 떨어진 물 한 방울에 불과했다. 내게 변화가 일어났다. 더 이상 교수대에 대한 공포가 아니었다. 나를 뒤흔드는 것은 하이드가 되는 두려움이었다. 나는 꿈을 꾸듯 멍하게 레이넌의 비난을 듣고 있었다. 내가 원래 내 집에 돌아와 잠자리에 들 때도 거의 꿈을 꾸는 몽롱한 기분이었다. 심지어 나를 쥐어짜던 악몽조차도 끼어들 틈이 없는 깊은 잠에 빠져 해가 중천에 뜰 때까지 일어날 줄 몰랐다. 아침에 일어나니 몸이 떨리고, 기운이 없었지만 기분은 개운했다. 여전히 나의 내면에 같이 잠들어있던 그 괴수의 생각으로 증오와 공포에 떨었다. 전날의 소름끼치는 위험들도 하나도 잊지 않고 있었다. 하지만 다시 내 진짜 집에 돌아와 마음도 편했고, 약도 가까이 있었다. 이렇게 위험을 피할 수 있던 것에 감사하는 마음이 어찌나 환히 빛나던지 밝은 희망과 다를 바 없었다.

아침을 먹고 나서 마음껏 상쾌한 공기를 들이마시며 한가로이 뒤뜰에 내려섰을 때, 나는 다시 변화를 예고하는 뭐라 설명할 수 없는 그 느낌에 사로잡혔다. 나는 간신히 밀실의 보호 속으로 피해 들어갈 시간이 있었고, 이어 다시 한 번 하이드의 욕정으로 부글부글 끓어오르며 얼어붙기 시작했다. 이번에는 다시 나 자신으로 돌아오는 데 두 배의 약을 복용해야 했다. 그런데, 맙소사, 여섯 시간 뒤 난로 불을 슬픈 마음으로 물끄러미 쳐다보고 있을 때, 그 고통이 다시 찾아왔고 약을 다시 또 처방해 먹어야 했다. 간단히 말하자면, 그날 이후로 나는 운동할 때처럼 열심히 애를 쓰며 즉각적인 약의 효력이 있을 때에만 지킬의 모습을 유지할 수 있었다. 밤낮으로 아무 때고, 나는 다가오는 변화의 예고에 몸서리를 쳤다. 무엇보다도 잠시 잠을 들거나 심지어 의자에서 졸기만 해도 항상 하이드가 되어 깨어났다. 이렇게 지속적으로 바로 닥쳐올 운명에 대한 긴장과 나 스스로 자초한 저주스런 불면증으로, 그렇지, 심지어 인간이 견딜 수 있는 범위를 넘어서는 불면증으로 나 자신의 원래 상태에서조차 몸과 마음이 모두 나른해지고 허약해졌으며, 열병으로 몸이 허해지고 완전히 고갈된 상태로 오직 한 가지 생각, 즉 내 또 다른 자아에 대한 공포에 시달렸다. 하지만 잠이 들거나 약효가 떨어지면, (변신의 고통이 매일 현저하게 약해졌기 때문에) 전혀 중간 전이 과정도 없이 바로 공포의 이미지들로 들끓는 망상의 마수에 빠져들었다. 이유 없는 증오만이 들끓는 영혼에, 분노하는 생명의 기운조차 담을 힘도 없을 것 같은 몸이 되어버렸다. 지킬이 병약해질수록 하이드의 능력은 점점 강해졌다. 이제 분명히 그 둘을 나누고 있는 증오가 서로 동등하게 존재하게 되었다. 지킬에게 그것은 생명 본능의 문제였다. 그는 이제 자신의 의식 현상들을 공유하고 죽음을 함께 받아들여야 하는 그 존재가 완전히 기형적인 것임을 알게 되었다. 그들 자신 속에서 찌를 듯이 극심한 고통을 야기하는 이 공동체의 연결고리를 넘어서면, 하이드란 존재는 그 모든 생명의 에너지에도 불구하고 뭔가 지옥 같고 비유기적인 존재처럼 여겨졌다. 이것은 충격적인 일이다. 이 나락의 더러운 물질이 비명과 울음소리를 내는 것 같았고, 형체도 없는 먼지가 몸부림치며 죄를 짓는 셈이었다. 죽어서 형태가 없는 것이 생명이 할 일을 빼앗아가는 것 같았다. 이것이 다시 다가 온다. 그 파도처럼 일어나는 공포는 아내보다, 자신의 눈보다 더 가까이 존재하며, 그의 몸속에 똬리를 틀고 있어, 그는 그 존재가 투덜대는 걸 듣고 태어나려 몸부림치는 것을 느낄 수 있었다. 그리고 지킬이 약해지는 순간마다 혹은 은밀한 잠에 빠질 때면, 의기양양하게 등장해서 그의 생명을 빼앗아갔다. 지킬에 대한 하이드의 증오는 다른 층위의 것이었다. 교수대가 두려워 하이드는 계속해서 미수로 끝난 자살을 기도했고, 온전한 한 인간이 아닌 지킬에게 종속된 일부분일 뿐인 상태로 되돌아가곤 했다. 하지만 그는 이런 불가피한 결과를 싫어했고, 지킬이 빠져있는 절망을 혐오하였으며, 자신을 바라볼 때 갖는 미움에 분개했다. 이로 인해 그가 내게 유치하기 짝이 없는 못된 짓을 저지른 거였다. 예를 들어 내 책의 여기저기에 내 필체로 불경스런 낙서를 하고, 편지를 태우고 아버지의 초상을 불태웠던 거였다. 정말로 죽음에 대한 두려움이 없었다면 그는 파멸로 나를 끌어들이기 위해 오래전에 제 목숨을 끊었을 것이다. 삶에 대한 그의 애착은 대단했다. 더 얘기해볼까. 난 그를 생각만 해도 토할 듯이 울렁거리고 얼어붙는다. 그리고 그가 지닌 목숨에 대한 애착과 비굴하고도

강렬한 애착을 생각하거나 내가 자살을 해서 그를 없앨 수 있는 힘이 있다는 걸 그가 얼마나 두려워하는지 깨달을 때면, 그에 대한 가여운 마음이 들기도 한다.

길게 설명해봤자 쓸데없는 짓이고 소름끼치게 시간도 없다. 어느 누구도 이런 고통을 겪어본 적이 없었을 거라는 말이면 충분하다. 하지만 심지어 이런 고통도 습관이 되어 - 물론 완화되는 건 아니지만 - 영혼을 무감각하게 만들고 절망에 순종하게 한다. 그리고 이제 막 시작된 내 본래의 얼굴과 본성에서 나를 갈라놓는 마지막 큰 재앙이 닥쳐오는 게 아니라면 내가 받는 이 벌은 더 오랫동안 계속되었을 것이다. 처음으로 실험을 하던 날 샀던 소금을 한 번도 다시 채워놓지 못해서 이제 바닥나기 시작했다. 사람을 보내 새로 사와서 약을 조제했다. 약이 곧 끓어오르고, 색깔의 첫 번째 변화가 일어났지만 두 번째 변화가 나타나지 않았다. 그걸 마셔도 효력이 없었다. 내가 얼마나 런던을 이 잡듯이 뒤지게 했다는 것을 풀에게서 듣게 될 거다. 모두 헛된 짓이었다. 이제 보니 처음으로 구했던 공급물이 순정품이 아니라는 생각이 들었고, 약이 효력을 갖게 한 것이 바로 그 알 수 없는 불순물 때문이라고 생각이 든다.

일주일쯤 지난 것 같다. 이전에 만든 약의 마지막 효력을 빌려 이 진술서를 끝내려 한다. 이것이 헨리 지킬이 자신이 스스로 생각을 하고, 자신의 얼굴을 (슬프게도 이제 변하고 있군!) 거울에 비쳐볼 수 있는 거의 기적 같은 마지막 순간이다. 너무 오래 끌다가 이 글을 마무리 짓지 못하면 안 된다. 만약 이 순간까지 내 이야기가 파기되지 않았다면 엄청난 신중함과 커다란 행운 덕분이다. 이 글을 쓰는 도중에 변화의 맥박이 나를 덮친다면 하이드는 이 편지를 갈기갈기 찢어버릴 것이다. 하지만 내가 이 글을 따로 잘 놓아둔 뒤에 얼마간의 시간이 지나 변한다면, 그의 엄청난 이기심과 현재의 상황이 그의 야수 같은 행동으로부터 이 편지를 다시 지켜줄 수 있을 것이다. 우리 둘에게 똑같이 점점 가까이 다가오는 운명은 이미 그를 변화시키고 망가뜨렸다. 이제부터 30분이 지나 다시 그리고 영원히 그 가증스런 인물로 내가 태어나면, 나는 의자에 앉아 얼마나 떨며 울고 있을까? 아니면 이 방(지상에서 나의 마지막 도피처)을 오

르락내리락 거리며 극도로 두려워하며 긴장한 청력으로 인해 아주 작은 소리 하나하나에도 귀를 쫑긋 세울 것이다. 하이드가 교수대에서 죽게 될까? 마지막 순간에 자신을 해방시킬 용기를 얻게 될까? 신만이 아시겠지. 난 상관없다. 지금이 진정으로 내가 죽는 순간이다. 이제 뒤이어 일어날 일은 내가 아닌 다른 사람의 문제다. 그러니 여기서 나는 펜을 내려놓고 내 고백서를 봉인하며, 그 불행한 헨리 지킬의 삶에 종지부를 찍는다.

지킬 박사와 하이드 씨의 이상한 사례

초판 1쇄 인쇄 2012년 9월 3일
초판 1쇄 발행 2012년 9월 7일

옮긴이 남장현
편집인 신현부
발행인 모지희
발행처 부북스

주소 100-835 서울시 중구 신당2동 432-1628
전화 02-2235-6041
팩스 02-2253-6042
이메일 boobooks@naver.com

ISBN 978-89-93785-39-5 04080
ISBN 978-89-93785-07-4 (세트)